シュガーアップル・フェアリーテイル

銀砂糖師と緑の工房

三川みり

16769

角川ビーンズ文庫

CONTENTS

シュガーアップル・フェアリーテイル
銀砂糖師と緑の工房

シュガーアップル・フェアリーテイル

STORY&CHARACTERS

戦士妖精
シャル

銀砂糖師
アン

妖精
ミスリル

砂糖菓子職人
ジョナス

銀砂糖師
キャット

今までのおはなし

銀砂糖師を目指す少女アン。腕の立つシャルを護衛、騒がしいミスリルを助手として旅をしつつ、ひたむきに砂糖菓子を作り続けてきた彼女。二度目の砂糖菓子品評会で、ついに銀砂糖師となったアンだが、その陰にはシャルの犠牲があった。シャルは品評会でアンに仕掛けられた罠から彼女を救うため、シャルを欲しがるペイジ工房の娘・ブリジットのものになることを了承したのだ。そのことを知ったアンは…!?

砂糖菓子職人の3大派閥

3大派閥……砂糖菓子職人たちが、原料や販路を効率的に確保するため属する、3つの工房の派閥のこと。

銀砂糖子爵
ヒュー

ラドクリフ工房派
工房長
マーカス・ラドクリフ

マーキュリー工房派
工房長
ヒュー・マーキュリー
（兼任）

ペイジ工房派
工房長
グレン・ペイジ

砂糖菓子職人
キース

工房長の娘
ブリジット

工房長代理 銀砂糖師
エリオット

Key word

砂糖菓子……妖精の寿命を延ばし、人に幸福を与える聖なる食べ物。
銀《ぎん》砂《ざ》糖《とう》師《し》……王家から勲章を授与された、特別な砂糖菓子職人のこと。
銀砂糖子《し》爵《しゃく》……全ての砂糖菓子職人の頂点。

本文イラスト／あき

ねえ、ママ。お家って、いいね。わたしもお家が欲しい。

え？　ここも、お家？

これ、馬車だよ。お家じゃないよ。

ママとわたしがいる場所が、お家になるの？　そうなの？

家族とか大切な人とか、友だちとかと、一緒《いっしょ》にいる場所がお家なの？　どんな場所でも？

じゃ、ママとわたしが、あそこにある木の下に住んだら、あの木がお家？　あの岩陰《いわかげ》に住んだら、あの岩がお家？

じゃあね、じゃあね。わたしが百人の友だちと、おっきな、すっごくおっきな、巨人《きょじん》の寝床《ねどこ》みたいな場所に住んでも、そこがお家？

そうなんだ。いいね、ママ！　どこにでも、お家ができるね。

今は、ママと二人の馬車のお家でいいよ。けどね、わたしいつか、ママと百人の友だちと、おっきくて、花がいっぱいあって、温かいすてきなお家に住む。

そんなお家がいい。そんなお家が欲しい。

うん。いつかきっと、そんなお家に住むよ。

一章　ミルズフィールドへ

動けなかった。

「アン!?　どうしたの？　アン？」

駆《か》け寄ってきたキースがアンの前に膝《ひざ》をつき、顔を覗《のぞ》きこむ。

「あららら、ごめんね。驚《おどろ》かせすぎたみたい」

エリオットがおどけたように肩《かた》をすくめた。

王城を見あげる広場には、いまだ人がごった返していた。座りこむアンを、通り過ぎる人たちがちらちらと見ていく。アンの視線は、シャルがブリジットとともに消えた人混《ひとご》みに向けられたままだった。なにも考えられなかった。

キースと一緒にやってきたキャットが、エリオットの胸《むな》ぐらを摑《つか》む。

「てめぇ、なにしやがった」

「人聞き悪いなぁ、キャット。俺はなにもしてないって、こんな公衆の面前じゃ」

「じゃ、なにか言いやがったんだろうが！」

「あ、正解」

「なにを言いやがった！」

キャットの目が、いつになく厳しい。キースも呆然《ぼうぜん》としているアンの肩を抱《だ》き、エリオットを睨《にら》んだ。

ミスリルがキースの肩の上から、アンの肩に飛び移った。しきりに頰《ほお》を撫《な》でてくれる。

「アン。アン？　どうしたんだよ、アン」

ミスリルの心配そうな声を聞き、やっと目の前の状況《じょうきょう》を理解した。

座りこんだ石畳《いしだたみ》の冷たさと、ざらりとした感触《かんしょく》を膝に感じる。石の冷たさのためか、シャルを失った恐怖《きょうふ》のためか、体の芯《しん》に震《ふる》えが走った。

「なにも悪いことは言ってないって。ただ教えてあげただけだからね、俺は。親切心だよ？」

「キャット……本当に、そうなんです。だから、やめてください」

ようやく、口を開くことができた。

心配顔のキースの手をやんわり押し戻《もど》し、エリオットの正面に立ちあがった。

キャットはふんと鼻を鳴らして、エリオットを放す。

──君のために、彼は自由を売った。

頭の中ではがんがん鐘《かね》を打ち鳴らすように、エリオットの言葉が響《ひび》き続けている。

「コリンズさんは、教えてくれたんです。シャルが、わたしの銀砂糖のありかを、ブリジットさんから訊《き》きだしてくれたって。でも、そのかわりに、ブリジットさんに羽を渡《わた》したって」

「羽を⁉」

ぎょっとしたようにミスリルは声をあげた。

キャットはエリオットの横合いから、再び彼の胸ぐらを掴む。無理矢理《むりやり》自分の方に向かせた。

「てめぇがついてて、なんでそんなことになってるんだ⁉」

「そんなことって、問題ある？　アンの銀砂糖は戻ってきたんじゃない？」

「その代償《だいしょう》がシャルか⁉」

「だって、ブリジットとシャルが取引したんだからね。俺がなにかしたわけじゃないし」

「でも、許嫁《いいなずけ》がそんな馬鹿《ばか》なことをしていたら、いさめるのが普通《ふつう》でしょう⁉」

アンの隣《となり》に立ち、キースは怒《いか》りをあらわにした。エリオットは、へらっと笑った。

「俺がいないあいだに話がついてたからねー。ごめんな」

「あなたって人を、見そこないました」

呻《うめ》くように、キースは言った。キャットもエリオットを突《つ》き放し、吐《は》き捨てた。

「なに考えてやがるんだ、てめぇは」

――君のために、彼は自由を売った。

うるさく響く頭の中の声で、目眩《めまい》がしそうだった。わけもなく叫《さけ》び出したくなる。けれどそれを抑《おさ》えつけ、冷静になろうとした。

「コリンズさん。教えてください。シャルを自由にするには、どうすればいいんですか？」

声だけは、落ち着いて出せた。

「普通ならお金を積んで買い戻すけど、無理だろうね。ブリジットは、王国を買えるほどの大金を積まれても、彼を手放さないね。きっと」

「これからシャルを、どうするんですか？」

「どうもしないよ。それどころかブリジットは、シャルを大切にするだろうし。自分のそばに置いて、毎日おいしい餌《えさ》をあげて、頭を撫でてやるんじゃない？」

その言葉に、かっとした。

「シャルをなんだと思ってるんですか!?」

するとエリオットは、眉尻《まゆじり》をさげて気の毒そうな表情を作った。しかし間違《まちが》いなく、ふざけている。それは面白《おもしろ》がるような目の光で、あきらかだった。

「ブリジットは、自分が彼をペット扱《あつか》いしてることも、わかんないと思うよ。ほんと残念」

わざと、アンを怒《おこ》らせている。エリオットの言葉を聞きその目を見て、確信した。怒らせて楽しんでいるだけなのか。もしくは、他《ほか》に目的でもあるのか。とにかく、相手の思うようになぶられるのだけはいやだった。口をつぐみ、ただエリオットを睨んだ。

エリオットは首を傾《かし》げた。

「あれ、終わり？　ま、いっか。んじゃ俺、ラドクリフ工房《こうぼう》派の本工房に帰るわ。銀砂糖精製の監督《かんとく》の仕事、放り出してきたし。キャット、おまえも帰らないとまずいんじゃないの？」

「先に帰れ。たまには、てめぇが率先《そっせん》して働きやがれ」

「へいへい」

エリオットがきびすを返すと、アンは手に入れたばかりの王家勲章《くんしょう》を、胸の前で両手で握《にぎ》りしめた。項垂《うなだ》れる。

シャルが自由な意志で去ったなら、まだよかった。哀《かな》しいけれど、それは仕方がないことだ。けれどアンが王家勲章を手に入れるために、彼は自分の自由を犠牲《ぎせい》にした。

「どうして、そこまでしてくれたの？　そんなこと、しなくてもいいのに。去年も、だめだったんだもの。今年がだめでも、また来年があったのに」

その呟《つぶや》きを耳にしたキースが、口を開く。

「ごめん、アン。僕が彼に教えてしまったから」

顔をあげると、キースが申し訳なさそうに唇《くちびる》を噛《か》んだ。

「君は……前フィラックス公の件で、名前が広く知られてしまった。そのせいで砂糖菓子《がし》職人たちの間では、妬《ねた》みの対象になっている。もし君が銀砂糖師という資格もなく、ただの砂糖菓子職人としてやっていくなら、これから君は、砂糖菓子職人としてたちゆかないほどの妨害《ぼうがい》を受ける。今年も特別措置《そち》がなければ、君は砂糖菓子品評会に参加するための砂糖林檎《りんご》の確保すら、難しかっただろう」

胸を突き飛ばされたような感覚がして、よろけそうになる。

「アン!?」

キースがあわてたように、アンの腕《うで》を引っぱる。そうしてもらわなければ、再び膝をついたかもしれなかった。

言われてみれば、確かにそうだ。キャットに教えられなければ、今年の銀砂糖に関する特別措置を知らないままだった。さらにラドクリフ工房派の本工房に寄宿するときも、キースの口《くち》添《ぞ》えがなければ、工房に足を踏《ふ》み入れることすら許されなかった。

もしこの状態が続くとするならば、アンが一人で、砂糖菓子職人としてやっていくことは不可能だ。キャットやキースや、時にはヒューや、そんな人たちの助けを借りなければ、銀砂糖すら確保できなくなる。

常に誰《だれ》かの手を借り、誰かに助けを請《こ》う。誰かに依存《いそん》しなければ、仕事ができない。

そんな人間が、果たして一人前の砂糖菓子職人と名乗れるだろうか。

──そんなの、いやだ。そんなのちゃんとした砂糖菓子職人だなんて、胸を張って言えない。

銀砂糖師の資格を手に入れれば、他の職人たちはめったな妨害ができなくなる。国王が認めた砂糖菓子職人である銀砂糖師の仕事を妨害すれば、銀砂糖子爵《ししやく》から厳罰《げんばつ》が下るからだ。

自分の未来が、悪意で閉《と》ざされようとしていたことは衝撃《しょうげき》だった。

悪意というものの恐《おそ》ろしさに、肌《はだ》がざわざわする。

そしてもっと衝撃だったのは、どうしようもなかった自分の状況を、自分が気がついていなかったこと。泣き出したいほど情けなかった。

その馬鹿な自分を、シャルが助けてくれたのだ。

──王家勲章をくれたのは、シャルだ。

涙《なみだ》はこらえた。

泣いていいときではない。愚《おろ》かな自分を哀《あわ》れむように泣くのは、さらに愚かだ。

「謝らないで、キース。全部、わたしのせいだもの」

シャルがブリジットとともに歩み去った方向に、目を向けた。人が入り乱れる場所に、彼の影《かげ》も気配もない。北から強い風が広場を吹《ふ》き抜《ぬ》けて、ドレスの裾《すそ》レースを揺《ゆ》らした。

驚《おど》きに呆然としていたミスリルが、ようやく正気づいたようにアンの髪《かみ》を引っぱった。

「おい、アン。俺たちも、ラドクリフ工房派の本工房へ行こう。シャル・フェン・シャルの奴《やつ》があの女に連れて行かれたなら、行けば話ができるじゃないか」

「でも」

アンはラドクリフ工房派の長《おさ》、マーカスから出て行けと言われた身だ。なのに、のこのこと本工房に顔を出していいものだろうか。するとキースが、アンの手を取った。

「そうか、そうだね。行こうよ」

キースは、励《はげ》ますように言った。

「大丈夫《だいじょうぶ》。サミーの件が明るみに出たんだ。マーカスさんも、君に謝りたいと思ってるはずだよ。だから行こう！」

「行け、チンチクリン。とにかくあの女に会わなきゃ、話になんねぇだろうが」

キャットもキースと同様に言い、さらに続けた。

「俺は、パウエルの砂糖菓子を本工房まで運んでやる。そのあと、……やることがある。てめえら二人で先に行け」

「行こう、アン」

キースは三度言うと、手を強く握ってくれた。それがとても、心強かった。

そこはブリジットが、ラドクリフ工房派の本工房内に与《あた》えられた部屋だった。母屋《おもや》と呼ばれる、派閥《はばつ》の長と家族が住む建物の二階にある、客用の一室だ。ブリジットはそこに寄宿して、台所仕事などの手伝いをしているのだった。

職人たちの個室とは違《ちが》い、壁《かべ》は漆喰《しっくい》で化粧《けしょう》され、腰板《こしいた》が漆《うるし》で塗《ぬ》られていた。窓に掛《か》かるカーテンにも、織の模様がはいっている。こざっぱりしているが、手をかけてつくられた部屋だ。

王城を見あげる広場から、まっすぐこの部屋に連れてこられた。部屋にはいると、シャルは窓際《まどぎわ》の壁に背をもたせかけ、そこから窓の外を眺《なが》めていた。

ひと言も、口をきかなかった。おっくうだった。ブリジットはそんなシャルにどう接するべきか、戸惑《とまど》っているようだった。しかしすぐに、彼の沈黙《ちんもく》が我慢《がまん》できなくなったらしい。

「シャル」

名を呼ばれた。気がつくと、不安そうな表情をしたブリジットが目の前にいた。

「怒ってる？」

——怒っているかだと？　馬鹿馬鹿《ばかばか》しい。

シャルは小さな声で笑いだしてしまった。

「シャル？　答えて、怒ってる？」

笑いがおさまると、シャルはうっすら笑《え》みを浮《う》かべた。

「おまえは、俺の使役者《しえきしゃ》だ。使役される者の機嫌《きげん》を気にしてどうする？　全《すべ》て命じろ。自分に気を遣《つか》え、機嫌よくふるまえ、そうしなければ罰《ばつ》を与えると。そう言えばいい。命じるつもりがないなら、羽を返せ」

鋭《するど》い目の光に怯《おび》えたように、ブリジットは後ずさった。そして首からさげて、服の下に隠《かく》してある革《かわ》の袋《ふくろ》を庇《かば》う仕草をする。

「それはいや。絶対にいや」

「ならば命じろ」

するとブリジットは、一瞬《いっしゅん》悔《くや》しそうな顔をした。しかしわずかな間をおいて、口を開いた。

「反抗《はんこう》的な態度はやめて」

「普通《ふつう》だ。反抗しているわけじゃない」

「そんな言い方がいや。優《やさ》しくして！　あの子にするみたいに、優しくして。そうしてくれなかったら、本当に罰を与えるから」

ブリジットはシャルを恐れるように、さらに部屋の端《はし》まで逃《に》げた。そこで服の下から、羽の入った小袋《こぶくろ》を引っ張り出した。小袋の口を開くと、そこから羽を取り出す。

足もとに届く長さの羽を、ブリジットは両手で握りしめて引っぱった。その瞬間《しゅんかん》、全身がよじれるような痛みが襲《おそ》った。シャルは呻《うめ》いて、顔を歪《ゆが》めた。

はっとしたように、ブリジットは手の力を緩《ゆる》めた。

痛みがひく。軽く息をついた。

ブリジットは罪悪感いっぱいの表情で、自分の手にある羽とシャルを見比べた。

「ごめんなさい……。苦しませるつもり、なかったの……」

ブリジットは丁寧《ていねい》に羽を折りたたむと小袋に戻《もど》し、服の下におさめた。そしておずおずと、シャルに近づいてきた。

「ねぇ、あの子にするみたいに接して。そうして欲しいだけなの。わたし、はじめてなの。誰かをこんなに好きだって思ったの」

ブリジットのうるんだ瞳《ひとみ》を見ても、冷めた気持ちが胸の中に広がるばかりだ。よく知っている感情だった。アンと出会う前、毎日、こんな気持ちで過ごしていた。

扉《とびら》をノックする音がした。

「ブリジットさん？　いらっしゃる？」

マーカス・ラドクリフの妻の声だった。その声に、悪いことでも見つかったかのように、ブリジットはびくりとした。

「は、はい。います。なんでしょうか」

ブリジットが扉を開けると、ラドクリフ夫人が心配そうな表情で立っていた。彼女は手にしていた封筒《ふうとう》を、ブリジットに差しだした。

「あなたに急ぎのお手紙が来たの。ミルズフィールドから」

手紙を受け取ると、ブリジットはすぐに封《ふう》を切り、読み始めた。と、彼女の表情がみるみる曇《くも》る。ラドクリフ夫人は、その場にとどまっていた。ブリジットが手紙を読み終わったのを見計らい、尋《たず》ねた。

「悪い知らせ？」

ブリジットは眉《まゆ》をひそめる。

「父が今朝、発作《ほっさ》を起こしたらしいです。ここしばらく、発作は起きてなかったのに……」

「容態は？」

「あまりよくはないみたい」

「じゃあ、ミルズフィールドにお帰りなさいな。今出れば、夕方には到着《とうちゃく》できるでしょ」

親切な申し出だったが、ブリジットは困ったように言った。

「でも。わたしの仕事が」

「台所は大丈夫。あなたが抜けても、うちの派閥のどこかの工房《こうぼう》から、手伝いの妖精《ようせい》一人くらい、借りてこられるから。あなたがいなくても、困らないわよ」

その言葉に、ブリジットは項垂《うなだ》れた。

「でも……わたしは必要ないんですか？」

「帰らせてもらったほうがよくないかな？　ブリジット」

ふいにラドクリフ夫人の背後から、声がした。夫人は、「あら」と驚いたようにふり返った。

ラドクリフ夫人の背後には、いつの間に来たのか、エリオットがいた。

「コリンズさん。今の聞いていた？」

「聞いてましたよ。グレンさんが、発作を起こしたんですよね。よければブリジットをミルズフィールドへ帰したいんですが、いいですか？」

「ええ、かまいませんよ。馬車もすぐに呼びましょうね。あなたはどうするの？　コリンズさん。あなたも一緒《いっしょ》に帰られるの？」

「そうしたいところですがね。残念なことに仕事があるんで、マーカスさんに許可をもらってから帰ります。とりあえずブリジットだけは帰したいんで、馬車、手配してもらえます？　あ、代金はペイジ工房派の本工房に到着してからの後払《あとばら》い。とりあえずの手付金は、これで」

エリオットは胸のポケットから銅貨を数枚取り出すと、ラドクリフ夫人に渡《わた》した。夫人はそれを受け取ると、さっそく馬車の手配をすると言って、階段をおりていった。

ラドクリフ夫人が去ると、エリオットが部屋に入ってきた。

「なぁんか、俺の可愛《かわい》いブリジットちゃんは、不満そうなんだけど？　どうしたのよ？」

ブリジットは、エリオットを睨《にら》みつけた。

「わたしは、ここで手伝いの仕事をしているの。それを勝手に、帰るだなんて決めないで」

「父親の容態がよくない。君は帰る義務があると思うけどねぇ」

「わたしには、仕事をする義務もあるんじゃないの？」

「ラドクリフ夫人も言ったろ？　ブリジットがいなくても、困らないから平気平気。台所仕事の代わりは見つけられるけど、グレンさんの娘《むすめ》は、代わりますってわけにいかないじゃん？」

エリオットの言葉に、ブリジットは顔を背《そむ》けた。

「わたしには、グレン・ペイジの娘というだけの価値しかないのね」

「なにヘソ曲げてんだか知らないけど、今のブリジットは、人生薔薇色《ばらいろ》じゃない？　あんなに欲しがってた、シャルを手に入れたんだからさぁ。や、シャル。ご機嫌悪そうだね」

エリオットは近寄ってくると、面白《おもしろ》そうにシャルの顔を覗《のぞ》きこむ。にっと笑いかけたあと、くるりとブリジットに向きなおった。

「俺は、親切で帰郷をすすめたんだけどねぇ。ここにいたら間違《まちが》いなく、アンが来るよ？」

アンが来る。その言葉に、シャルはどきりとした。

「アンはシャルが、銀砂糖のためにブリジットに羽を渡したことを、もう知ってる。自分のために犠牲《ぎせい》になったと知って『そうなの、ありがとう』で終わらせるタイプじゃない。彼を取り戻したいって、絶対来る。そしてうるさく、返せ返せと迫《せま》られるよ？　それならシャルを連れて、ミルズフィールドに帰った方がいいんじゃない？」

「返さないわ」

ブリジットの顔が強《こわ》ばった。

「じゃ、荷造りしたほうがよくない？」

弾《はじ》かれたように、ブリジットは動き出した。

壁につるされた衣装類を次々はずして、腕《うで》に抱《かか》えた。それを丸めてベッドの上に放る。ベッドの下から旅行カバンを引っ張り出すと、一生懸命《いっしょうけんめい》それにドレスを詰《つ》めこみはじめた。

「急いでねー。馬車はすぐに手配してもらえるから、アンが来る前にここを出ていかないと」

エリオットは楽しそうに、無責任に煽《あお》るようなことを言った。そして、

「……ま、あの子は絶対に、追いかけてくるはずだけど。どんな遠くにでもね」

ブリジットには聞こえないような小さな声で呟《つぶや》いた。まるで、アンがシャルを追いかけてくるのを、期待しているように聞こえた。

シャルは、どこまでも不真面目《ふまじめ》な表情の、エリオットの横顔を見やった。彼がいったい何を考えているのかは、理解できなかった。けれど彼が言うように、アンは必ずやってくるだろう。シャルが、なぜブリジットとともに行動することになったのか。その理由は、すぐにアンに知られるだろうと予測していた。

ことの真相を知れば、あのお人好《よ》しは、おとなしくしていないだろうこともわかっていた。アンは必ず、シャルを自由にしようと努力するに違《ちが》いない。

けれどブリジットは、けしてシャルを自由にはしない。どんな努力も無駄《むだ》だ。

それよりもアンは銀砂糖師の称号《しょうごう》を手に、彼女自身の新しい一歩を踏《ふ》み出す方がいい。彼女を助けてくれる連中もいるだろう。シャルがいなくとも、銀砂糖師としてやっていけるはずだ。

アンが彼らとともに、銀砂糖師として出発する。それは喜ばしいことで、憂《うれ》いはない。

けれど気持ちはうらはらに、どうしようもなく沈《しず》んでいく。喜ぼうとするのだが、心の底で、それを喜べない自分がいる。それは自分の身勝手な思いだ。よくわかっていた。

——来るな。アン。

軽く目を閉じると願った。彼女の未来のために、自分は決断をしたのだ。自分にかかずらわ

って、彼女の未来や仕事を台無しにして欲しくはない。

しかし。どうしても感情が、胸にわきあがる。

きょとんとしていたり、ぼんやりしていたり、頰《ほお》を染めたり。時には、ひどく大人びた真剣《しんけん》な横顔を見せたりする。アンの様々な表情は、瞼《まぶた》の裏に鮮明《せんめい》に現れる。顔が見たかった。

——来るな。

来るなと冷静に祈《いの》りながらも、一方では、顔を見たいと思う。自分の思いの乱れが、苦痛だった。


キースに手を引かれ、アンはラドクリフ工房派の本工房まで駆《か》けた。二人ともひどく息が切れていたが、そのまま門をくぐり、まっすぐ母屋《おもや》に向かった。

母屋の呼び鈴《りん》を鳴らすと、労働妖精が応対に出てきた。ブリジットに用があると告げると、妖精はブリジットの部屋の位置を教えて、二人を中に通してくれた。

階段をのぼり扉《とびら》の前に立つと、にわかに緊張《きんちょう》した。

なにを、どう言えばいいのか分からない。なによりも部屋の中にシャルの姿を見たら、安堵《あんど》のために涙《なみだ》が出るかもしれない。とにかくシャルの顔が見たかった。

はやる気持ちを抑え、意を決してノックした。

「はいはい。どーぞー」

中からエリオットの声がした。いぶかしみながら扉を開けると、がらんとした部屋の中に、エリオットがいた。ベッドに腰《こし》かけ、にやにやしている。

「いらっしゃーい、お二人さん」

ブリジットとシャルの姿はなかった。部屋を見回し、戸惑《とまど》う。

「コリンズさん。ブリジットさんと、シャルは……」

「ミルズフィールドの、ペイジ工房派の本工房に帰っちゃったよ。グレンさんが今朝発作を起こして容態が悪いから、帰郷する必要があってね。一足遅《おそ》かったね」

「そんな……」

アンの肩《かた》の上で、ミスリルが拳《こぶし》を振《ふ》りあげた。

「やい、おまえ。なんで止めなかった！」

「だって、そんな義理ないしなー」

「人情とかって、ないのかよっ!?」

「あんまり持ち合わせてないタイプかも。ごめんねぇ」

「最低野郎《やろう》だな！」

憤慨《ふんがい》するミスリルに向かって、エリオットははははと笑っているだけだ。

――シャルを追いかけよう。とにかく、とりあえず。ミルズフィールドまで。

ミルズフィールドは、ルイストンから馬車で半日の距離《きょり》にある町だ。そう遠くはない。

「さてと。俺もラドクリフ殿に許しを得て、ミルズフィールドに帰ろうと思うんだ。グレンさんの容態が気になるし」

エリオットは立ちあがると、アンの前に来た。

「て、ことで。一緒に来る？　アン」

意味がわからず、アンは目をしばたたいた。エリオットは続けた。

「君は銀砂糖師になったんだろう？　アン・ハルフォード。俺と一緒に、ミルズフィールドのペイジ工房《こうぼう》派の本工房に来る？　もしそこで銀砂糖師として働いてくれたらさ、シャルを取り戻《もど》す機会を作ってあげられるかもしれないけど。どう？」

「なんのつもりなんですか？　コリンズさん」

キースがアンを庇《かば》うように前に進み出て、用心深く訊《き》いた。

「別に。つもりもなにも、ただの親切だよ？」

「それはわたしに、ペイジ工房派に所属して、その本工房で働けってことですか？」

「そういうこと」

ミスリルは疑わしげにエリオットを横目で見ながら、アンに囁《ささや》いた。

「こいつ、なにか思惑《おもわく》があるんだ。絶対」

忠告されるまでもなく、エリオットがただの親切心で、そんな申し出をするわけはないことはわかっていた。

母親のエマは、派閥《はばつ》を嫌《きら》っていた。嫌《きら》いな理由を訊いても、やりかたが気にいらないとしか答えなかったが、今なら理由がわかる。エマもかつて派閥とかかわり、アンと同様かそれ以上に、いやな思いをしたのかもしれない。アンもできるなら、もう派閥にはかかわりたくない。

――けど。でも……かまわない。

アンはまっすぐエリオットを見つめ返した。

「行きます。ミルズフィールドへ」

「アン、慎重《しんちょう》に考えた方がいいよ。こんな都合のいい申し出、裏があるに決まってる。君にとって、なにか良くないことがあったら」

即決《そっけつ》したアンに、キースもあせったように助言する。

エリオットが眉《まゆ》をさげる。垂れ目が、さらに愛嬌《あいきょう》を増す。

「さらっとひどいねー、キース。俺のこと、そんなに悪人とか思ってる？」

「ええ！」

キースは、きっとエリオットを睨《にら》んだ。

「即答《そくとう》かよ……」

アンはエリオットから視線をそらさずに、告げた。

「良くないことがあるかどうかなんて、どうでもいい。とにかく、わたしはシャルのいる場所に行きたい。ペイジ工房派の本工房で働かせてくれるって言うなら、望むところだもの」

「アン。君……」

強い言葉に、キースは諦《あきら》めたように口をつぐんだ。エリオットは、にやりと笑った。

「いいねぇ。待ってたんだよね、そういう感じ」

「どうすればいいんですか？　すぐに、ミルズフィールドへ出発しますか？」

挑《いど》むようにアンは訊いた。

「まず俺は、ラドクリフ殿《どの》に、作業を抜《ぬ》ける許可を取る。君も、来年の銀砂糖の確保のために、彼と一度話しあった方がいい。これから俺と一緒《いっしょ》に、彼のところに行こう。で、話がついたら、荷造り。出発だ。夜の移動は危険だから、明日の朝に出発になるだろうけどね」

「わかりました」

「て、ことで。キースは作業棟《とう》へ行ってもらおうかな」

エリオットは、しっしっとキースを追い払《はら》うように、手をふった。

「なんでですか？　僕がいてはいけないんですか？」

「キースは、銀砂糖の精製作業を勝手に抜けてきてるんじゃなかったかな？　悪い子だよねぇ。そんでもって、俺は監督《かんとく》だし。作業に戻れっていうのが、あたりまえでしょう」

「だからって、なんで今」

「キース。行って。大丈夫《だいじょうぶ》よ」

アンはそう言って、安心させるように微笑《ほほえ》んだ。

キースは眉根《まゆね》を寄せ、心配そうな顔をした。だが結局、素直《すなお》に頷《うなず》いた。それからアンの肩に手を置くと、勇気づけるように言った。

「アン。覚えてて。僕もヒングリーさんも、なにかあれば君を助けるから」

「ありがとう」

気持ちだけでも、充分嬉《じゅうぶんうれ》しかった。シャルのことを含《ふく》め、一連のでき事はアンの問題だ。それなのにキースが親切心で、あれこれと気をもんだり走り回ったりしているのが心苦しかった。彼らの親切にこれ以上甘えることは、許されない気がした。

キースが部屋から出て行くと、エリオットは、さて、と腰に手を当てた。

「んじゃ、行く？　もろもろの段取りに。ラドクリフ殿は、もう戻っているはずだし」

アンは頷き、エリオットについて部屋を出た。

小さな衣装箱に、ドレスの替《か》えとタオル類を突《つ》っこんで蓋《ふた》をした。

持ち物の少ないアンの荷造りは、あっという間に終わった。

昨夜泊《と》まったのと同じ、風見鶏亭《かざみどりてい》の部屋だった。すっかり日が暮れ、窓の外は暗闇《くらやみ》だ。

さすがは王都だけあり、こんな安宿の部屋にすら窓ガラスがある。ガラス自体は不純物が多く混じり透明《とうめい》度は低いし、景色も歪《ゆが》む。それでも、外気と遮断《しゃだん》されながらも外の景色を見せる窓ガラスというのは、田舎《いなか》町を廻《めぐ》って旅暮らしをして育ったアンには贅沢《ぜいたく》に感じる。

ミスリルが気を遣《つか》って、ランプに明かりを入れてくれた。

窓ガラスに、ランプの光がやわらかく映った。

ひと息ついて、ベッドに腰かける。

エリオットとともに、ブリジットの部屋を出てからの数時間は、ひどくあわただしかった。

まずは、マーカスの所在を確認《かくにん》しなくてはならなかった。しかしサミーの一件でマーカスは走りまわっているらしく、なかなか居所がわからなかった。

ようやくマーカスが本工房に帰ってきたのは、夕方近くだった。

マーカスはサミーを連れて砂糖菓子《がし》品評会の会場を出た直後、サミーの身内に連絡《れんらく》を取り、身柄《みがら》を引き取りに来させた。その後、銀砂糖子爵《ししゃく》ヒュー・マーキュリーを訪ねた。サミー・ジョーンズは砂糖菓子職人と名乗ることを禁ずるという、放逐《ほうちく》証明を発行してもらったのだ。それをラドクリフ工房派所属の職人たちに周知する段取りをつけた後、残り二派閥の長《おさ》に対して、放逐証明が出た職人がいることを知らせる正式書簡を作成したという。

これらのことを、半日でこなしたらしい。

わずかな猶予《ゆうよ》もない対応の早さに、彼の怒《いか》りを感じる。

エリオットとともにマーカスに会いに行くと、マーカスはそれらの対応についてざっと説明した。そしてそのあとに、むっつりとしてつけ加えた。

「ハルフォードには、来年分の銀砂糖を分配する。これで許せとは言わんが、わたしにできるのはこのくらいだ」

アンは、それで納得《なっとく》した。銀砂糖が手に入り、ひどいことをした人間がそれなりの報《むく》いを受けたのならばそれでいい。そしてなによりもほっとしたのは、ジョナスのことだった。

さすがにマーカスも、無実の甥《おい》への仕打ちには胸が痛んだらしい。彼の実家に、謝罪の言葉と、ラドクリフ工房派本工房に戻ってくるようにと書いた手紙を出したという。

エリオットが仕事を抜けることは、許可された。

銀砂糖の精製は、あと三日たらずで片がつく。エリオットが仕事を抜けても、支障はないとのことだった。その上仕事を抜ける理由が、派閥の長に関することだ。同じ派閥の長として、そちらを優先することにマーカスも賛成らしかった。

アンはエリオットとともに、翌朝、ミルズフィールドに向かう手はずになった。

「アン。お腹《なか》、すかないか？」

ミスリルに問われたが、まったくお腹はすいていない。

「ミスリル・リッド・ポッドは？　お腹すいた？」

「腹ぺこだ。はっきり言って、死にそうだ」

情けない声で訴《うった》えた。そういえばアンもミスリルも、昼食をとっていなかった。

「あっ、ごめん！　わたしにつきあわせて、お昼も食べてなかったよね」

あわてて立ちあがると、荷物の中に放りこんでいた財布《さいふ》から、銅貨を数枚取り出した。

ランプの横に立つミスリルに、その銅貨を渡《わた》した。

「これで、一階の食堂でなにか食べてきて」

銅貨を受け取り、ミスリルはぱっと笑顔《えがお》を見せた。が、次には心配そうに、アンを見あげる。

「アンは食べないのか？」

「わたしは、あんまりお腹すいてないから。いいや」

無理に笑顔を作ったが、ミスリルはじっとアンの目を見つめた。

「食べる気にならないよな。気になるよな、シャル・フェン・シャルのこと。でも、俺は奴《やつ》の気持ちも、すごくよくわかるんだよ。俺だってあいつみたいにできるんだったら、同じことをした。そうしたいから、するんだ。アンが気にする必要はない」

ミスリルの優《やさ》しさが、やわらかく心に触《ふ》れる。よけいに、胸が痛い。

「シャルがわたしのためを思ってしてくれたのは、よくわかってる。別にわたしに、気にして欲しいとも思ってないこともわかる。けど、シャルを助けたい。自由になってもらいたい」

それを聞くと、ミスリルはちょっと困ったような顔をした。

「アンに言っていいものかどうか、迷うんだけどな。もし俺がシャル・フェン・シャルだったら、自分の羽を渡すこと、すごく覚悟《かくご》したと思うんだ。それでもアンが銀砂糖師になるためにって覚悟をしたからには、アンに助けて欲しいなんて思わない。アンが銀砂糖師として、立派になって楽しく生活してくれたらそれで嬉《うれ》しい。俺を自由にして欲しいとは思わないよ。あいつのことだから、助けに行っても、よけいなお世話だとか言いかねないぞ」

「そうかもしれない。けどミスリル・リッド・ポッドとシャルと、わたしと。三人でいたいの。わたしが、我慢《がまん》できないの。シャルのためじゃない、わたしのためなの。とっても、自分本位なことだとは思うけど、わたしが三人で一緒にいたいだけなの」

「そっか。……うん。そっか」

何かを納得したように、ミスリルは何度か頷いた。

「自分のためなんだよな？　だからアンは、ミルズフィールドに行くんだろう？　なら、いいや。取り戻《もど》そうぜ、シャル・フェン・シャルの奴。それでいいじゃないか。元気出せよ！　夕飯、食おうぜ。アンが一階におりる気が起きないなら、俺様が景気づけに、夕食と温めたワインをこの部屋に運んでくる。いくら食欲《しょくよく》がないって言っても、目の前にうまそうなごちそうが並んだら、アンだって食う気になるぜ！　絶対！」

ミスリルは、ぴょんぴょん跳《は》ねながら部屋を出ていった。

アンは頰《ほお》を、両手で強くこすった。

「元気、出そう！」

明日にはミルズフィールドへ行ける。けれどその先、どうすればいいかなんてわからない。

エリオットは、シャルを取り戻す機会ができるかもしれないとは言っていた。

だが、いまいち考えの読めない相手だ。あてにできない。

ふと、窓際《まどぎわ》に置いた王家勲章《くんしょう》が目に入った。白い勲章は清らかで美しく、その美しさと存在感が、嬉しいと同時に胸に苦しかった。シャルの思いやりと自らの愚《おろ》かさの象徴《しょうちょう》のようで、見ているとつらい。窓辺によると、王家勲章を手にとった。

それを手にして、小型の衣装箱の蓋を開けた。中に入れてある襟巻《えりま》きを取り出すと、王家勲章を大切に包み、衣装箱の底にしまって再び蓋をした。衣装箱を見おろす。

――王家勲章をくれたのがシャルなら、シャルを自由にするまでは、自分の力で銀砂糖師になったって、胸を張って言えない。

シャルの羽を取り戻せるまでは、王家勲章を堂々と手にするのがためらわれた。衣装箱の底で大切に眠《ねむ》らせておくのがふさわしい。

ずっと、手にしたいと願っていた王家勲章。けれどなぜそれほど自分は、王家勲章が欲しかったのか。銀砂糖師になりたかったのか。そもそもなぜ、砂糖菓子を作りたいのか。

王家勲章とひきかえにシャルが自由を奪《うば》われた事実が、アンに、根源的な疑問を投げかけた。

アンは今までなにも考えずに、疑問も感じず、ただ砂糖菓子を作りたい、銀砂糖師になりたいとばかり思っていた。美しいものを自分の手で作りだすそのよろこびが、アンに砂糖菓子を作らせる。だがよろこび以上に、作りたい衝動となる強いものが、アンの中に根をはっている。けれどその正体がわからない。

──どうして、わたしはこんなに砂糖菓子を作りたいと思うんだろう？　銀砂糖師になりたかったんだろう？

その時、部屋の扉《とびら》がノックされた。

物思いから引き戻され、あわてて扉を開けに走った。扉を開けると、意外な人物がいた。

「よぉ、なりたてほやほやの銀砂糖師」

「ヒュー!?」

扉の向こうにいたのは、ヒュー・マーキュリーだった。いつものように、背後にサリムを従えている。昼間の銀砂糖子爵の服装ではなく、目立たない茶の上衣《うわぎ》を着ていた。しかしそんな簡素な服装をしていると、彼の野性的な強さがいっそう際《きわ》だつ。

「どうしてこんなところに？」

「ちょっと、おまえさんに話がある。入っていいか？」

「あ、はい。どうぞ」

中に通すために体をずらす。ヒューはサリムに廊下《ろうか》で待つようにと告げ、中に入ってきた。扉を閉めると、彼は部屋を見回す。

「へぇ、こぎれいじゃないか。俺もおしのびの時、使おうかな」

「ここは食事もおいしいですから、おすすめだけど。おしのびって、そんな必要あるの？」

「ヤボなこと訊《き》くなよ。大人のお楽しみとか、いろいろあるんだよ」

「それは……聞きたくないかも。ところで、わたしに話って？　王家勲章をもらったことと、関係あるの？」

ヒューは窓から外の様子を眺《なが》めてから、こちらに向きなおった。にやっとする。

「あるといえば、ある。アン。おまえ、キャットが俺のこと大嫌《だいきら》いなのは知ってるよな？」

「うん。あっ……！　そんな、キャットがヒューのこと嫌いなんてことは……」

正直に答えそうになった。が、あわててしどろもどろに訂正《ていせい》した。キャットにも立場というものがあるだろう。相手は銀砂糖子爵なのだ。

だがヒューは心得たように、ひらひら手をふった。

「いいさ。嫌われてるのは百も承知だ。あいつは大人げないから、渾名《あだな》つけただけで十五年以上もふてくされてる。ま、そんな大人げない奴だから、俺の顔見りゃ、失《う》せろだの気分が悪いだのしか言わないんだが。けどそいつが珍《めずら》しく、今日、自分から俺を訪ねてきた。それだけでも驚《おどろ》きなんだが、なんの用件で訪ねてきたと思う？」

問われても見当がつかない。ヒューは、続けて言った。

「頼《たの》み事があるといって来たんだ。正直、ひっくり返りそうになった。あいつが俺に頭をさげるなんてのは、奇跡《きせき》だ。で、その奇跡の原因はおまえなんだよ、アン」

「わたし？」

「そう。キャットの頼み事ってのはな、ペイジ工房《こうぼう》派の娘《むすめ》が連れてったシャルを取り戻してくれって事だ。銀砂糖子爵《ししゃく》の権限を使ってな」

「あ……もしかして、あの時」

砂糖菓子《がし》品評会の後、アンはキースとともにラドクリフ工房派の本工房に向かった。が、その時キャットは「やることがある」と言って、一緒《いっしょ》に来なかった。おそらくその時、彼はシャルの件で、ヒューの力を借りようとしたのだろう。

「あいつは、今回のおまえの銀砂糖の件で、責任を感じてるらしい。銀砂糖のすり替《か》えが起こったのは、本工房内でだ。銀砂糖精製の監督《かんとく》をしていたのは奴だし、アンと他の連中のごたごたも知っていたわけだから。気がつかなかったことに、責任を感じてる」

「でも。これはキャットには、なんの責任もないことなのに」

「俺もそう言ってやった。けどあいつは、誰《だれ》かさんと一緒で、基本お人好《よ》しだからな」

そこでヒューは、ふっと笑った。

「あいつは、おまえと一緒に仕事をして、おまえが、自分の弟子《でし》みたいな気分になってる。その可愛《かわい》い弟子の大切なものを、取り戻してやりたいらしい」

キャットが、アンを弟子のように思っている。それはとても嬉しかった。職人として彼に、認められているということだ。キースもキャットも、なんのこだわりもなくアンを仲間と認めてくれている。だからこそ、心を砕《くだ》いてくれるのだろう。

「で、だ。キャットの願いを受けいれて、俺がペイジ工房派に圧力をかけて、シャルを取り戻すことは可能だ。まあ、めちゃくちゃ横暴な振《ふ》る舞《ま》いではあるがな」

「それは……」

ヒューはじっとアンを見おろしている。アンはしばらく考えてから、ゆっくりと顔をあげた。

「ごめんなさい、ヒュー。それはやめてほしい」

きっぱりと言った。

「キャットの気持ちはありがたい。でも自分の愚かさは、自分で償《つぐな》わないと意味がない。今回のことは、わたしがもっと賢《かしこ》くて用心深かったら、さけられた。ここでまた誰かの手を借りるなんて、したくない。シャルはわたしが自由にする。必ず自分の力で、シャルを助ける。そうじゃなきゃ、シャルがくれた王家勲章を手にして、堂々と銀砂糖師だって名乗れない」

キャットがアンを職人と認め、ヒューに頭をさげてくれた。だからこそ、甘えられない。

キャットやキースが認めてくれているのは、職人としてのアンだ。そうであるなら、アンはちゃんとした職人であり続けなくてはならない。甘えることなく、しっかりと自分の芯《しん》を持って立っていなければ、彼らに対して恥《は》ずかしい。

ヒューはにっと笑った。

「俺の勝ちだ」

「え？　勝ち？」

「そう。俺の勝ち。おまえの言いそうなことは、予想がついたからな。俺は、キャットの願いをはねつけた。けどあいつは『どうしても』と言ってきかないから、賭《かけ》をした。もしおまえが俺の手出しを望むなら、キャットの勝ち。俺はシャルを取り戻すべく、横暴な銀砂糖子爵となってペイジ工房派に圧力をかける。けど、もしおまえが俺の手出しを望まないなら、俺の勝ち。キャットは俺のいうことを、なんでも聞いてくれるそうだぜ」

口《くち》の端《はし》をつりあげ、ヒューはなんとも意地悪そうな笑顔《えがお》を見せる。

「キャットの負け!?　て、ことは。ヒュー。キャットになにか要求するの？」

「これからじっくり考える。あいつが泣いていやがることを、やってもらう」

ヒューはかなり嬉《うれ》しそうだ。彼があまりに嬉しそうなので、あせった。

「お願いだから、あんまりキャットを苛《いじ》めないで。キャットは親切で」

「それは無理だな。あいつを苛めるのは、十五年前から、俺の趣味《しゅみ》みたいなもんだからな」

「すごい悪趣味よ、それって」

嫌われて当然かもと、ちらりと思う。

「しかたないさ。すぐににゃーにゃー騒《さわ》ぐから、あいつをからかうのは面白《おもしろ》いんだ」

あっさり言う。それからふいに、ヒューは真剣《しんけん》な表情になった。

「アン。おまえこれから、ミルズフィールドに行って、シャルを取り戻《もど》すつもりだな？　知っているとは思うが、あえて言うぞ。銀砂糖師になったこの一年は、大切な期間だ。自分にふさわしい仕事のやりかたや、評判を確実なものにするべき期間だ。来年の銀砂糖師が出てくるまでのこの一年は、世間は物珍《ものめずら》しい銀砂糖師に興味がある。その間に、しっかりと銀砂糖師として商売をする道筋をつけなくてはならない」

銀砂糖師は、毎年一人誕生する。その年の銀砂糖師は、来年の銀砂糖師が選ばれるまでの期間は、物珍しさに人気が上がる。そこできちんとした評判を勝ち取っておかなければ、銀砂糖師の中でも二流と陰口《かげぐち》をたたかれる。現在、アンをのぞいた銀砂糖師は、二十三人存在する。その二十三人の中には、評判が芳《かんば》しくない銀砂糖師も数人いる。

エマの銀砂糖師としての評判は、かなり良かった。エマは銀砂糖師になった直後から、箱形馬車に乗り旅を始めた。旅を始めて一年の間にできるだけの土地を廻《めぐ》り、今年の銀砂糖師の看板を掲《かか》げて人の目を惹《ひ》いたらしい。それによって彼女の評価は、各地で定着し広がった。

この一年が大切なのは、アンもよく分かっていた。

「この一年は、銀砂糖師としての地位を確立するために働く時期だ。ここをしくじれば、まぐれの王家勲章《くんしょう》だと言われる。特におまえは女だ。世間の目は厳しいぞ。シャルのことは諦《あきら》めるか、もしくはこの一年が過ぎておまえの地位が安定してから考えろ」

アンは唇《くちびる》を噛《か》んだ。強く、首を横にふった。

「できない。さっきも言ったけど、このままで銀砂糖師だって胸を張って名乗れない。そんなわたしが、銀砂糖師として地位を確立するためになんて働けない。銀砂糖師としての地位とか、そんなものは、シャルを助けてから考える」

「甘いぞ」

「わかってる。でも、できないものは、できない。わたしは、シャルを自由にする」

すべては、覚悟《かくご》の上だ。

その表情を見て、厳しいヒューの瞳《ひとみ》がふっとやわらいだ。

「そうか。仕方ないな、おまえは」

それからヒューはくしゃっと、アンの頭を撫《な》でた。

「やってみろ。取り戻せ、アン。それがおまえにとって、第一歩なんだろう。銀砂糖師と名乗るための」

アンはしっかりと頷《うなず》いた。

「取り戻す。必ず」

二章　湖水と緑の工房

「いや〜。助かるねー。馬車代が浮《う》いちゃったなー」

当然のような顔をして、エリオットはアンの横に座っていた。

アンの操《あやつ》る古びた箱形馬車は、ルイストンを抜《ぬ》け、進路を北東にとっていた。

ルイストンとミルズフィールドをつなぐ街道《かいどう》は、活気がある。頻繁《ひんぱん》に荷車や人が行き来する。道幅《みちはば》もあり、馬車が余裕《よゆう》ですれ違《ちが》うこともできた。

道の左右には森と、二、三軒《げん》の農家が寄り集まった集落と麦畑が、交互《こうご》に現れる。よく晴れていたので、森の香《かお》りは清々《すがすが》しかった。

たわわに実った麦の穂《ほ》を刈《か》り入れる、農民たちの顔も明るい。

エリオットも上機嫌《じょうきげん》らしい。明るい日射《ひざ》しに、エリオットの赤毛がさらに赤く透《す》ける。

アンはなんだか釈然《しゃくぜん》としなかったし、ミスリルに至っては、アンとエリオットの間に陣取《じんど》り、警戒《けいかい》するように、じろじろとエリオットを睨《にら》みあげている。

――もしかして、馬車代を浮かすためにペイジ工房派の本工房で働けって声をかけたわけじゃないわよね、この人？

今朝。アンは旅支度《じたく》を調《ととの》え、箱形馬車を操りラドクリフ工房派の本工房に出向いた。そこでキャットとキースに見送りをしてもらい、出発した。

エリオットは、当然のように馬車を手配していなかった。最初からアンの馬車に便乗するつもりだったらしい。

「それにしてもキャットの奴《やつ》、元気なかったなぁ。悪いものでも食ったのかね」

呑気《のんき》にエリオットが言う。

見送りにきてくれたキャットに、アンは昨夜のヒューの来訪を告げ、キャットの申し出を断ったことと、彼の親切に対するお礼を言った。

キャットは、「昨夜あのボケなす野郎《やろう》から詳細《しょうさい》は聞いた」と言い、自分のお節介《せっかい》なのだから気にするなとも付け加えてくれた。けれど、いつもの覇気《はき》がなかった。心配になって、ヒューからなにを要求されたのか訊《たず》ねた。するとキャットはものすごくいやそうな顔をして、「話したくない」と言っただけだった。

いったいヒューは、面白がってなにを要求したのか。ヒューはキャットのことをお人好しといったが、それを承知でつけこんでいる節のあるヒューは、かなり人が悪い。

人が悪いと言えば、隣《となり》に座る男もそうだろう。何を考えているのか、今ひとつ理解できない。

「いいよねぇ！　女の子と二人旅。心が弾《はず》む」

「やい！　おまえ、二人旅じゃないだろう！　俺様がいるんだぞ！」

ミスリルが目を三角にすると、エリオットは、めんどくさそうに言い換《か》えた。

「あ――、ごめんごめん。女の子と二人旅、プラスおまけが半分ってとこか」

「おまけとはなんだ⁉　しかも半分って⁉」

「見たまんま？　あ、じゃ、半分じゃなくて、十分の一くらいか」

「ふざけるな――‼」

ミスリルは喚《わめ》きながら、エリオットの襟首《えりくび》につかみかかった。が、エリオットはぎゃんぎゃん喚いているミスリルを無視して、頭の後ろに両腕《りょううで》を組んで、御者台《ぎょしゃだい》の背もたれにもたれる。

「それはそうと、ねぇ、アン。恋人《こいびと》いる？」

「はい⁉　なんなんですか、いきなり」

わけのわからなさも、ここまでくるとあっぱれと言いたくなるほど、唐突《とうとつ》かつ、どうでもいい質問だった。

「いやいやいや、気になるじゃん？　普通《ふつう》」

「普通に気になりません」

「俺は気になるんだよね。どうなの？　アンの恋人って、やっぱりシャル？」

「ちちちちち、違います‼」

「あ、あたり？　だよねー」

「何聞いてるんですか⁉　きっぱり否定したじゃないですか！」

「恋人じゃないんだ。片思い？　切ないねぇ。片思いなんて実りのないことやめて、俺とつきあってみる？」

エリオットの発言に、ミスリルが食ってかかった。

「おまえの脳みそはどうなってんだよ⁉　腐《くさ》ってんのか⁉」

「ひどいねぇ、十分の一のくせに」

「十分の一っていうな！　まだ半分の方がマシだ——‼」

あまりの馬鹿馬鹿《ばかばか》しさに、力が抜けそうだった。

王国北東部に広がる、湖水地方とも呼ばれるストランド地方。

そこには、王族や貴族たちが所有する離宮《りきゅう》や別邸《べってい》が多かった。骨休めのために、高貴な人たちがやってくる土地なのだ。

険しい山もなく、なだらかな丘《おか》と草原と、湖水と森。のびのびとした美しい景色が広がる。

ミルズフィールドは、そのストランド地方の中心的な街だった。ストランド地方の半分を占《し》めるセント州の、州都でもある。

ルイストンから馬車でわずか半日という距離《きょり》もあり、それなりの賑《にぎ》わいもある。しかし周囲には森と湖水が点在し、のんびりとした空気も感じられる。城壁《じょうへき》もなく、区画整理もされていない。しかし道幅が広いので、ごみごみした印象がない。自然に広がる街には、おおらかさがある。州公の居城は、ミルズフィールドの街を遠くから見守るように、街とはすこし離《はな》れている。それも街の雰囲気《ふんいき》を穏《おだ》やかにしている要因の一つだ。

ペイジ工房《こうぼう》派の本工房は、ミルズフィールドの東側のはずれにあった。

街並みがとぎれ、街路が田舎《いなか》道にかわってすぐだった。

なだらかな丘があり、ゆるい裾野《すその》が広がっていた。その裾野には小さな森と湖がある。広葉樹の森は葉を秋の色に変えて、黄や赤の色が、さざ波の立つ湖面に映っていた。

森以外の場所は草原だ。草は末枯《うらが》れている。けれど広々していて、乾《かわ》いた気持ちの良い風が吹《ふ》いていた。

典型的なストランド地方の景色だ。

その中に、きつい傾斜《けいしゃ》の屋根を載《の》せた、大きな煉瓦《れんが》造りの建物が現れる。丘を背に、広がる裾野と湖を悠然《ゆうぜん》と眺《なが》めているようなたたずまいだ。

そしてその大きな煉瓦造りの建物を中心に、平屋の縦長の建物が、七棟《むね》。二階建ての小さな家が、二軒《けん》。倉庫らしき小屋と厩《うまや》がそれぞれ一棟。点在している。

「あそこらへんの建物が全部、ペイジ工房派の本工房だ」

エリオットが指さす。

「中心の大きな建物が、母屋《おもや》。派閥《はばつ》の長《おさ》のグレンさんとブリジットが住んでる。俺も住んでる。銀砂糖師とか、工房で重要な仕事をしている連中は、あそこに住む。母屋の近くにある平屋の建物七棟が全部、砂糖菓子《がし》の制作作業棟兼《とうけん》、銀砂糖の精製作業棟。ラドクリフ工房じゃ、制作作業棟と精製作業棟は分かれてたけど、うちは一体だ。七棟ある作業棟は、今は一棟しか使ってない。二階建ての家は、職人たちが共同で住んでる」

ペイジ工房派は、三つの砂糖菓子派閥の中で最も歴史が古い。

今から三百年ほど前。ハイランド王国にはそれぞれの領主が立ち、内乱を繰《く》り返していた。自らに幸運を引き寄せようと、各地域を支配する領主たちは、競《きそ》って砂糖菓子職人を抱《かか》えた。

そんな群雄割拠《ぐんゆうかっきょ》の時代、イーノク・ペイジという砂糖菓子職人が現れた。彼ははじめて、工房というものを作った。個人でやっていては、制作の数に限りがある。そこで配下に砂糖菓子職人を集め、自分を雇《やと》う領主が望むままに、次々と砂糖菓子を作ったという。

イーノク・ペイジが仕えたのは、現国王一族である、ミルズランド家。

これがペイジ工房の始まりだ。ペイジ工房はミルズランド家に仕え続け、二百年後にミルズランド家がハイランド王国を統一する。

ラドクリフ工房は、ミルズランド家が王国統一する直前。マーキュリー工房は王国統一と同時期。それぞれペイジ工房から派生した。そして各工房からのれん分けされた配下が増え、派閥を構成していった。

要するにペイジ工房というのは、砂糖菓子派閥のおおもとなのだ。

アンがはじめて目にした本工房は、ラドクリフ工房派の本工房だった。そのために本工房というと、いかめしいものだという思いこみがあった。

向かうのは三百年の歴史を持つ、ペイジ工房派の本工房だ。ひょっとすると、要塞《ようさい》のような作業棟でもありはしないかと思っていた。

しかし予想に反して、ペイジ工房派の本工房は、広い敷地《しきち》にある田舎風の大きな家といった印象だった。

あの家に、シャルがいる。シャルの顔を見られる。そう思うと、嬉《うれ》しさがこみあげた。たった一日、離れていただけだ。なのに、会いたくてたまらない。

アンの箱形馬車は、草原をゆるやかに続く坂道を登った。

程《ほど》なく、ペイジ工房派本工房の母屋に到着《とうちゃく》した。

母屋は遠目で見ていたよりも、ずっと大きな建物だった。

丸い石を建物の基礎《きそ》にして積みあげ、床下《ゆかした》を高くした家だった。冬の寒さが厳しい地方でよく見る様式で、床下に冬を越《こ》すための薪《まき》を保存するのだ。

手近な木に馬をつなぐように指示して、エリオットが先に母家の中に入っていった。

アンは言われるままに、馬を木につないでいた。

さらさらと草葉を揺らして、風が吹き抜《ぬ》ける。と、ふいに背後で、砂利《じゃり》を踏《ふ》む足音がした。

ふり返ると、一人の青年がいた。

青年は、黒髪《くろかみ》を頭の高い位置で一つに結んでおり、それが馬の尻尾《しっぽ》のように風に揺《ゆ》れていた。冷たい感じのする顔立ちだった。薄青《うすあお》色の瞳《ひとみ》が、彼をさらに冷たい印象にしている。

アンと目があっても彼は動かずに、じっとアンを見すえる。アンも咄嗟《とっさ》に、言うべき言葉を思いつかなかった。しばらく無言で見つめあったあと、青年がわずかに眉《まゆ》をひそめる。

「誰《だれ》だ？　あんた」

本工房の関係者だろう。そうあたりをつけて、とりあえず名乗った。

「エリオット・コリンズさんに誘《さそ》われて、ペイジ工房派の本工房で働くために来ました。アン・ハルフォードです」

「エリオット？」

青年はさらに眉間《みけん》に皺《しわ》を寄せる。不機嫌《ふきげん》と不審《ふしん》のいりまじった表情だ。

「あの。あなたは？」

青年は無言だ。困ってしまった。どう対処したものか。するとアンの肩《かた》に座っていたミスリルが、アンの耳に顔をよせて、こそっと言った。

「アン。こいつ、目をあけて寝《ね》てるんじゃないか？」

「寝てない。失礼な」

ようやく青年が口を開いた。

「おっと、もう対面しちゃった？」

母屋の出入り口の扉《とびら》から、エリオットが顔を覗《のぞ》かせた。そして石造りのステップをおりて近づいてきた。

青年はわずかに体をずらし、エリオットを見た。そして、

「エリオット。これは？」

と言って、アンの鼻先に指を突《つ》きつけた。

「アン・ハルフォード。俺がルイストンでスカウトしてきた、銀砂糖師なんだよね」

青年が目を見開く。

「銀砂糖師？」

「そ。女の子なんだよ～。いいだろ、可愛《かわい》いだろう？　これからグレンさんに、この子を紹介《しょうかい》する。明日から一緒《いっしょ》に仕事をすることになるんだ。仲良くしてくれよな」

青年はちらりとアンに視線を投げた。しかしすぐに、エリオットとアンに背を向けた。わかったとも、いやだとも言わず、挨拶《あいさつ》もなく、そのますたすたと母家の中に入ってしまった。

「なんだ、あれ？」

その背を見送って、ミスリルが首をひねる。するとエリオットが、苦笑《くしょう》した。

「あれは、オーランド・ラングストン。ペイジ工房派本工房で、砂糖菓子の制作作業の全般《ぜんぱん》を監督《かんとく》している職人頭。腕《うで》はいいよ。俺と同い年のわりに、気むずかしいけどね。さてと、中に入ろう、アン。さっそくだけど、グレンさんに会ってもらう。ペイジ工房派の長だ」

玄関《げんかん》に続く石造りのステップは、七段。そこをのぼると、玄関ポーチを延長するように、ぐるりと家の外壁《がいへき》を囲むテラスが廻《めぐ》らされていた。そのテラスを有効利用するために、軒《のき》はかなり張り出している。さらに北面以外の一階の窓は、どれも掃《は》きだし窓になっていた。

窓が大きいおかげで、家の中には、明るい光がふんだんに射《さ》しこんでいる。

玄関は二階まで吹き抜けになっており、そこからも光が降りそそぐ。

「二階には、六部屋ある。二階は職人が住む場所で、今は俺とオーランドしかいない。一階が客間、食堂、台所、風呂《ふろ》。それと、グレンさんとブリジットの部屋がある」

玄関からまっすぐ入ると、布張りのソファが置かれ、大きな暖炉《だんろ》がある客間。客間の奥の壁《かべ》がアーチ型に開いており、その向こうが食堂らしい。樫《かし》造りの重厚《じゅうこう》な食卓《しょくたく》がある。

この家の中に、シャルがいるはずだ。彼の気配はないかと、あちこち見回したり、耳を澄《す》ましてみたりした。けれど家の中はやけに静かで、人の話し声すらしなかった。

エリオットに連れられ、客間から食堂に入った。食堂の右手に廊下《ろうか》があり、そのつきあたりに扉があった。そこが、グレン・ペイジの部屋らしかった。

「グレンさん。さっき話をした子を連れてきましたよ」

扉をノックすると、穏《おだ》やかな声が答えた。

「入りなさい」

部屋の中は、家の他《ほか》の場所と同様に明るかった。部屋には毛織りの絨毯《じゅうたん》が敷《し》かれて、暖炉に火も入っている。大きな掃きだし窓の近くに、ベッドが置いてあった。

ベッドの上には、薄茶《うすちゃ》の髪《かみ》をした四十代とおぼしき男が、ヘッドボードに背を預けて座っていた。年齢《ねんれい》のわりにはすらりとしていて、見栄《みば》えのする男だ。面差《おもざ》しが、ブリジットと似ていた。薄《うす》い茶の瞳は年相応に落ち着いている。

ベッドの脇《わき》には、ブリジットがいた。彼女はアンがやってくることを知っていたらしく、強《こわ》ばった表情だった。だが彼女はアンよりも、エリオットに対して、なにか言いたそうだった。

エリオットは、その視線に気づかないふりをしている。ブリジットを見ようとしない。

「わたしが、グレン・ペイジだ。ペイジ工房《こうぼう》派の長を務めている」

娘《むすめ》とは対照的に、グレンは微笑《ほほえ》んでいた。

「はじめまして。アン・ハルフォードと申します」

その場で軽く膝《ひざ》を折ると、頭をさげる。

「なるほど、間違《まちが》いなく、女の子だね」

グレンの微笑が苦笑に変わる。

「でも、だからこそかもしれないな」

自分を納得《なっとく》させるように呟《つぶや》く。そしてアンを手招いた。

「こちらに来なさい。こんな有様で、失礼するよ。心臓の病でね、うかつに動けないんだ。王家勲章《くんしょう》を手に入れたそうだね。立派なものだ。腕のいい職人は、どこの工房でも欲しがるものだが、銀砂糖師となれば、独立するか、一流どころで働くのが本来だろう。だが君は、ペイジ工房派の本工房で仕事をするつもりがあると聞いた。最大派閥《はばつ》のマーキュリーでもなく、次に規模の大きなラドクリフでもなく、最も規模が小さな我々の工房で働くというのかい？」

「はい」

「動機は、昨日ブリジットが連れ帰った、あの妖精《ようせい》だね？」

ブリジットの睫《まつげ》が震《ふる》えた。

「そうです。どうしても近くにいたくて。コリンズさんが誘ってくれたので、同じ仕事をするなら、ここで働きたいんです」

そう答えると、ブリジットはきつい目をアンに向けた。その視線が痛かった。

「君はここで仕事をすることになったら、力をつくしてくれるか？」

「仕事をするからには、手は抜きません」

動機はどうあれ、仕事は仕事だ。手を抜くつもりは、もとよりなかった。

「それならば、いいよ。さっそく明日から、働いてもらおう」

ブリジットは目を丸くして父親を見た。

「お父様⁉　この子を働かせるの？」

「そうだ」

「女の子よ⁉　お父様昔から、わたしに言っていたじゃない。女の子には砂糖菓子《がし》職人は無理だって。なのにこの子を雇《やと》うの？　わたしはだめなのに？　どうして」

その言葉に、アンは驚《おどろ》いてブリジットの顔を見た。

「おまえの立場で、女のおまえが砂糖菓子職人になるのは無理だ。それは変わらない事実だ。だがこの子は、派閥の長《おさ》の娘でもないし、実力も王家勲章を授《さず》かる形で認められている。職人だ。雇うのに問題はない。わかるか？　ブリジット。おまえには立場があるから、女ではだめだったんだ。ずっと言って聞かせたはずだ」

言われるとブリジットは、軽く唇《くちびる》を噛《か》んだ。

「わかっているな？　ブリジット。おまえが、だめだと言われている理由は」

「ええ……わかる」

ブリジットは力なく答えた。

意外さに、ついブリジットを見つめていた。その視線に気がついたらしく、ブリジットはアンの顔を見たが、すぐにぷいとそっぽを向いた。

――ブリジットさんは、砂糖菓子職人になりたかったの？　でも、わたしはよくて、どうして長の娘はだめなの？

理不尽《りふじん》なグレンの言い分が、理解できなかった。

グレンは娘へ向けていた視線をアンに戻《もど》した。

「失礼した。で、君の仕事だ。君には作業全般の監督責任者になってもらう。職人頭だ」

職人頭といわれて、ぎょっとなる。

「いきなりですか？」

職人頭は普通《ふつう》、キャットやエリオットのような、経験豊かな職人がするものだ。

「本来ならば職人頭は、エリオットがするべきだ。だがわたしがこんな調子なので、エリオットに派閥の長の仕事を代理でやらせている。エリオットのかわりに、今まではオーランドが職人頭をしていた。しかし君は、銀砂糖師だ。銀砂糖師が、普通の砂糖菓子職人の監督の下で働くことはありえない。君がここで働くなら、必然的に職人頭になるんだ」

「でも。わたしは昨日、王家勲章を授かったばかりで」

「しかし授かったならば、銀砂糖師だ。銀砂糖師として働くことを、要求されるのは当然だ。それは王家勲章を授かった責任だ」

銀砂糖師となったことに対する責任。考えてもみなかった。しかしそれは当然、あってしかるべきものだ。

不安だった。だが経験がない、やったことがないと、逃《に》げることはできないのだろう。シャルを犠牲《ぎせい》にし続けている今は、胸を張って自分の力で王家勲章を勝ち取ったと言えない。その上さらに逃げるのならば、王家勲章を持つ資格はほんとうにない。

──王家勲章は、シャルがくれた。それを持つ資格がないなんて、惨《みじ》めなことはしたくない。

唇を引き結び、頷《うなず》く。

「わかりました。わたしは、ペイジ工房派の職人頭として、働きます」

全力を尽《つ》くそうと思った。

なれというならば、ペイジ工房派の職人になるまでだ。そしてそうすると自分で決めたからには、誇《ほこ》りと責任を持って、ペイジ工房派の職人とならなければならない。

銀砂糖師の責任というならば、引き受けなければならない。

その表情を見て、グレンは納得したように微笑した。

「エリオットに言わせれば、君は最初の銀砂糖らしい。期待してる」

「最初の銀砂糖？」

グレンの言いたいことが、あまり理解できなかった。最初の銀砂糖の意味が、わからない。

アンの戸惑《とまど》いを見抜《みぬ》いたように、グレンはわずかに笑った。

「エリオットから聞くといい。もし君が我々の期待通りの働きをしてくれたら、わたしは君に、あの妖精を返そうと思っている」

「本当ですか⁉」

勢いこんで問い返すと、グレンは頷いた。

「お父様⁉」

驚いたのはブリジットも同様らしく、父親の腕にすがりついた。

「お父様！　彼は、わたしのものなのよ、勝手になにを言ってるの⁉」

「おまえは、ペイジ工房派の創始者一族の娘だろう。おまえの婚約者《こんやく》はエリオットで、近い将来エリオットと結婚《けっこん》して、ペイジ工房派を継《つ》ぐ役目がある」

「そうだけど、それとこれとは」

「結婚前に、気まぐれで妖精を愛《め》でるのはかまわない。エリオットも許してくれている。けれどあの妖精を連れて、結婚はできない。それは理解できるだろう。それよりも工房のためになるように、あの妖精を役立てるべきだ」

父親の冷静な言葉に、ブリジットの目に涙《なみだ》が浮《う》かぶ。助けを求めるように、彼女はエリオットを見やった。しかしエリオットは、肩《かた》をすくめた。

「いくら妖精でも、男連れの花嫁《はなよめ》なんて、俺もいやかなぁ」

ブリジットはだだをこねるように、首をふる。

「そんな……いや……いや、いやよ。いや。みんな勝手に、決めないで」

「ブリジット」

穏やかだが、厳しい響《ひび》きでグレンが言った。

「おまえは誰《だれ》の娘だ？」

ブリジットは、びくりとしてグレンを見た。そして、気持ちを押し殺すような苦しそうな声で答えた。

「わたしは。……グレン・ペイジの娘よ」

「ならば、理解できるだろう。工房のためということが」

ブリジットの目から、涙があふれた。涙でうるんだ緑の瞳《ひとみ》の痛々しさに、アンは胸を突《つ》かれる。彼女は、本当にシャルに恋《こい》をしている。それを強く感じた。恋する者のひたむきさが、彼女の緑の瞳をくっきりとアンの心に印象づけた。

ペイジの娘《むすめ》であるという誇りと恋心《こいごころ》が、ブリジットの中でせめぎ合っているようだった。

「わかった……。わたし、ペイジ工房《こうぼう》派の娘だから。……でも」

そこでブリジットは視線をあげて、アンを見た。

「あの子がなんにもできなかったら、渡《わた》さない！」

そう言うと顔を伏《ふ》せ、早足で部屋を出ていった。

グレンは疲《つか》れたように溜息《ためいき》をつき、背に当ててある枕《まくら》に体を沈《しず》みこませた。

「すまない。エリオット。結婚を前に、あの子があんなに気持ちを乱してしまうとは」

「かまいませんよ、俺は」

いたわりのにじむ声で、エリオットは静かに答えた。

「アン。工房のために力をつくしてくれ。そうしてくれたなら、必ずあの妖精は返す。それならブリジットも納得せざるを得ない。あの子は、ペイジ工房派の長の娘だ。それはあの子の誇りでもある。泣きながらでも従うはずだ。それが、あの子のためにもなる」

「力をつくします」

シャルを取り戻せるかもしれない。その希望が、アンの心を明るくした。

ただ、ブリジットの涙が心の隅《すみ》に引っかかる。わずかに、罪悪感に似たものを感じる。

グレンは深く息をつくと、目を閉じた。痩《や》せた顎《あご》の線が、痛々しい。

「わたしは、すこし休む。エリオット、後を頼《たの》む」

「はいはい。んじゃ、行こうぜ。アン」

エリオットに促《うなが》され、アンはグレンの部屋を後にした。

部屋を出ると、肩の上におとなしく座っていたミスリルが立ちあがって小躍《こおど》りした。

「やったな！　アン。シャル・フェン・シャルを取り戻せるぞ！　しかも、あの女の寝《ね》こみを襲《おそ》うとか、こそ泥《どろ》の真似《まね》をするとか、脅迫《きようはく》するとか、そんなことしなくてすむ！」

「そんなこと、するつもりだったの⁉」

ミスリルの考えていた姑息《こそく》な対策にぎょっとするが、逆にミスリルは首を傾《かし》げて問い返した。

「じゃ、アンはどうするつもりだったんだ？」

「それは……考えてなかった。とりあえず追いかけようと思ってて」

ミスリルは、残念そうに言った。

「アン。かかし頭ぶりを発揮だな」

まったくもって、返す言葉もない。

「うまくいってくれたら、俺も嬉《うれ》しいけどね」

エリオットは、アンを促して玄関《げんかん》に向かいながら言った。

「なにせ、俺たちができないから、アンに期待したわけだし」

玄関扉《げんかんとびら》を出て石のステップをおりながら、先を歩くエリオットの背に訊《き》いた。

「わたし、なにを期待されているのかわからないんですけど。そもそも、期待って」

エリオットがちょっと笑ったのが、背中越《ご》しにわかった。

「期待しまくりだよ。アンは最初の銀砂糖になるかもしれない。そう思ったから、ここに連れて来たくなったんだよね」

最初の銀砂糖って、なんですか？　と、問い返そうとした。しかしエリオットは前を向いたままずんずん歩き、ぺらぺらと言葉を続ける。

「ま——、アンには悪かったけどね。ブリジットがシャルと取引したとき、あの方法以外でブリジットが銀砂糖のありかを話すことはなかったから、仕方なかった。けど同時に、使えるとも思ったんだよね。だから黙《だま》って、そのままにした。シャルがここに来れば、アンはいやでも、ここに来て仕事をしてくれるだろうからさ」

エリオットの背後に追いついたアンは、その言葉に目を丸くした。

「え……それって。じゃあ、わたしをここで働かせるために？」

「だってラドクリフ工房派の本工房で、あれだけいや〜な思いをしてるんだからね。普通に誘《さそ》っても、絶対来ないでしょう？　しかも銀砂糖師になっちゃったら、立派に独り立ちできるし。アンの努力は認めてたから、品評会には参加させたかったし。ま、一石二鳥かなって」

「この悪党め」

唸《うな》るミスリルに、エリオットはあははと笑った。

「ごめんねぇ、悪党で」

エリオットは作業棟《とう》に向かっているようだった。母屋《おもや》の横を、ぐるりとまわりこむ。

「でも、どうしてそこまでして、わたしを」

エリオットはふいに立ち止まると、アンに向きなおった。目が真剣《しんけん》だった。

「だから、期待だよ」

「期待?」

「そう、期待。銀砂糖師としての腕前《うでまえ》とか、そんなことじゃない。銀砂糖師なら、俺だって曲がりなりにも銀砂糖師だ。だから、ただ期待。新しいことが起こるかもしれないっていう、期待。だけど今のペイジ工房派には、その新しいことを期待する思いは切実なんだよね」

期待。その言葉に、戸惑った。エリオットやグレンは、アンにいったいなにを期待しているのだろうか。

「事情はこれから、説明するからさ」

エリオットはついてこいと顎をしゃくって促すと、再び歩き出した。それについて歩き出したアンの髪《かみ》の毛を、急にミスリルが引っぱった。

「おい、アン! あれ見ろ」

ミスリルはアンの背後を見ていた。ふり返ると、母屋の東面が見えた。掃《は》きだし窓《まど》が五つ並んだテラスがある。その窓の一つに、会いたくてたまらなかった横顔が見えた。

「シャル!」

駆《か》けだしそうになった。が、次の瞬間《しゅんかん》、シャルの目の前にブリジットの姿もあることに気がついた。彼女は泣きながら、シャルにすがりついた。シャルがそれを抱《だ》きとめる。

それを目にして、動けなくなった。

アンの声が聞こえたのか、ブリジットを抱くシャルの視線が、こちらに流れてきた気がした。けれどその視線はすぐにそらされた。

胸の奥から、なにかがこみあげてくる。胸を圧迫《あっぱく》するそれが苦しい。

——シャル。

もう一度呼びたかったが、声が出なかった。

立ちつくしたアンの横に、エリオットが並んで立った。

「シャルはちゃんと、ブリジットの恋人《こいびと》役をやってるみたいだね。感心するなぁ、立派立派」

見ているのがつらくて、アンは窓に背を向けた。

「コリンズさん、いやじゃないんですか？　婚約者があんなことしてて、平気なんですか!?」

わけもわからず、かっとしていた。多少、八つ当たりぎみに強い口調で訊いた。するとエリオットも窓に背を向けると、平然と言った。

「まったく平気。だって俺、ブリジットのこと、特別に好きと思ったことはないもんね」

「え……」

エリオットは眉尻《まゆじり》を下げる。

「羨《うらや》ましいね。アンはシャルのこと、大好きなんだろうな。俺はブリジットに対して、そんな気持ちになれたことがない。女の子一般《いっぱん》として、好きだよもちろん。俺は女の子好きだから。ちやほやしてあげたいし、ほめてあげたいし。けど特別に好きって感じではないね」

「じゃ、なんで婚約《こんやく》してるんですか？」

「グレンさんの望みだから。それはブリジットにしたって、一緒《いっしょ》じゃない？」

「そんなの。お互《たが》いに、ひどいじゃないですか」

「別に、ひどくないよ？　二人とも納得《なっとく》しているんだから」

「わたしなら、納得できません」

すくなくとも、ブリジットは納得しているようには見えない。もしかしたら、彼女は立場的に承知せざるを得なかったのかもしれない。けれど気持ちは、どうなのだろうか。誰《だれ》もそのことを考えないのだろうか。

「俺たちは納得してるんだけどね」

「本当にそうなんですか？」

まっすぐ目を見つめると、常に笑っているような印象のエリオットの目に、わずかな迷いがのぞいた。が、すぐにいつもの笑顔《えがお》になった。

「参るよね、アン。そんな質問されると。でもだからこそ、期待もしてるわけだけど」

その時、声がした。

「おおっ、エリオット!?　帰ってたのかよ！」

声の方向を見ると、向かおうとしていた作業棟から、三人の人間が出てきたところだった。

大きく手を振《ふ》っているのは、茶の髪を短く刈《か》りこんだ、ずぬけて背が高くたくましい体軀《たいく》の青年。砂糖菓子《がし》職人より、用心棒を生業《なりわい》にしたほうが良さそうなすごみのある面構《つらがま》えで、こめかみに古傷がある。しかし笑顔はおおらかで明るい。

その後ろには、アンと同い年くらいの少年がいた。褐色《かっしょく》の肌《はだ》に、黄みがかった白い髪。灰色の瞳《ひとみ》が、珍《めずら》しそうにこちらを見ている。ヒューの護衛の青年、サリムと似た特徴《とくちょう》がある容姿だ。彼と同様、大陸の王国出身なのかもしれない。右耳に大きな琥《こ》珀色《はくいろ》の石がついた、大陸風の耳《みみ》飾《かざ》りをしていた。

その後ろには、ちょっと女性的といえるくらい柔和《にゅうわ》な顔つきをした金髪《きんぱつ》の青年。丸い眼鏡をかけている。眼鏡の効果か、知的で落ち着いた雰囲気《ふんいき》だ。

三人はまっすぐ、アンとエリオットのところに向かってきた。

「あれ、ねぇ。誰、この子」

近くに来ると、褐色の肌の少年が真っ先に訊いた。少年は興味津々《きょうみしんしん》といった様子で、遠慮《えんりょ》なくアンの顔を覗《のぞ》きこむ。アンは面食《めんく》らった。

「こらっ！　ちょっとは礼儀《れいぎ》ってもんをわきまえろや、ナディール。失礼だぜ、女の子に」

用心棒ふうの青年が、少年ナディールの襟首《えりくび》をひっつかまえた。筋肉質の太い腕《うで》に、ナディールはあっさり引き戻《もど》される。

「でも、気になるし。あ、妖精《ようせい》もいる！」

ナディールは懲《こ》りもせずまたアンのほうに踏《ふ》み出して、彼女の肩《かた》の上に乗っているミスリルをためらいなく引っ掴《つか》もうとする。アンもぎょっとするが、ミスリルもあわてて立ちあがり、アンの首の後ろへ逃《に》げこむ。

「な、なんだ⁉　なにするつもりだ⁉　妖精なんか珍しくないだろ⁉」

「俺、ちっこいのはあんまり見たことないんだよね。見たいだけだって、出てきてよ」

「子供かおまえ⁉　てか、ちっこいって言うな！」

逃げるミスリルを、ナディールはさらに手を伸《の》ばして追おうとする。アンもひゃっと声をあげて、首をすくめた。

「女の子の襟首に手を突《つ》っこもうとするな！」

ナディールはもう一度、たくましい腕に襟首を掴まれ引き戻される。

眼鏡の青年は、微笑《ほほえ》みながらエリオットを見やった。

「エリオット。紹介《しょうかい》してくれませんか？」

「ああ、そうだな」

エリオットは気安くアンの肩を抱いた。

「この子はアン・ハルフォード。今年の銀砂糖師だ。十六歳。銀砂糖師としては最年少だ。明日からここで一緒に働く。職人頭になる。で、この妖精はアンの仕事の手伝いをしてる。ミスリル・リッド・ポッド」

それを聞くと、三人の顔にあきらかな驚《おどろ》きの表情が浮《う》かんだ。

「ハルフォードつったら、前フィラックス公の砂糖菓子を作った職人だよな。女の子なのか」

用心棒ふうの青年が呟《つぶや》くと、ナディールが彼を見あげて首を傾《かし》げる。

「あの噂《うわさ》の子なんだ。それで十六歳って、俺と同い年？　で、銀砂糖師？　なんでそんなすごい子がここで働くの？　普通《ふつう》、マーキュリーとかラドクリフとかじゃない？　働くとしても」

ナディールが言うと、その肩を、眼鏡の青年がそっと押さえた。

「ナディール。驚くべき事は、年齢《ねんれい》以外にもあるよね」

「なに？」

「彼女、女の子でしょう」

「だから？」

「ナディール。悪いこと言わないから、今度、教会の休日学校に行きましょう。僕も一緒に行ってあげますから。ね」

「いらないってば」

げんなりしたように、ナディールは青年の手を払《はら》いのけた。

用心棒ふうの青年が、すこし困ったようにくしゃくしゃと髪をかいた。

「女の子……。女の子か。エリオットよぉ、グレンさんは承知なのか？」

青年が訊《き》くと、エリオットは真顔になった。

「ああ。承知だ」

「あの人が、どうして女の子を認める気になったんだ？」

「銀砂糖師だからだろうね。この子の実力が、公に認められてる」

「なるほどな。ま、確かにすげぇわな。十六歳で銀砂糖師は。認めないわけにはいかないか」

そこで青年はアンに向きなおった。

「グレンさんが認めているなら、俺にも異存はない。よろしく。俺はキング」

「キング？」

妙《みょう》な名前だ。大陸の国々はどうか知らないが、ハイランド王国では畏《おそ》れおおいということで、王と同音の姓《せい》を名乗る家はない。姓ではなく名だとするなら、親はたいした度胸の持ち主だ。名乗ればたいがいの人間が、同じ反応をするのだろう。キングは慣れた様子でつけ加えた。

「本名じゃないぜ。本名は、忘れちまった。キングは通り名だ」

アンは握手《あくしゅ》を求めて手を差しだした。

「アン・ハルフォードです。よろしくお願いします」

アンが差しだした手を、キングはぎょっとしたように見おろす。

「な、なんだ!?」

「え？　なんだって。握手を」

突然《とつぜん》、キングはぽっと頰《ほお》を赤くした。そしてあわてたように、アンの手を握《にぎ》った。

「そうか、そうか！　握手だよな。握手。ほい、握手」

キングは熱いものでも触《さわ》ったかのように、すぐに手を離《はな》した。

「ええっと、とにかく。仲良くやろうぜ！　そっちの妖精も、よろしくな。うちで仕事の手伝いに、妖精をいれたことはないけどよ」

ミスリルはアンの首の後ろから顔だけ出して、つんと顎《あご》をあげた。

「その辺の人間よりは役に立つ仕事をするぞ、俺様は」

「そうなの？　期待してるから、とりあえず出て来いよ。俺はナディール」

ナディールが目を輝《かがや》かせるので、ミスリルはあわててアンの首の後ろに引っこんだ。

「いやだ！　なんかお前みたいな乱暴そうな奴《やつ》に摑まれたら、窒息《ちっそく》しそうだ！」

眼鏡の青年が、苦笑《くしょう》しながらアンに右手を差し出す。

「賢明《けんめい》ですよ、妖精君。僕はヴァレンタインです。よろしくお願いします、アン」

「あ、よろしくお願いします」

その手を握ると、ヴァレンタインはちょっと困ったように笑った。

「小さな手ですね。女の子なんですよね」

——女、女って、ほんとうに。

ひっそり溜息《ためいき》をつく。けれど救いなのは、彼らに悪意がなさそうなところだった。どちらかといえば、困惑《こんわく》しているといった感じだろう。

「で、紹介はすんだな。ここに、さっき母屋《おもや》に帰っていったオーランドと俺が加わって。ペイジ工房《こうぼう》派本工房の職人、全部だ」

エリオットの言葉を聞いて、アンはきょとんとした。

「え？　職人が全部で五人？　見習いとかは」

「いないよ？　あ、母屋で家事をしている妖精が二人いるけど。それだけ」

「じゃ、正真正銘《しょうしんしょうめい》。五人？」

「そ。五人」

——本工房の職人がたった、五人!?

ラドクリフ工房派の本工房には、見習いも含《ふく》めれば五十人以上の職人がいた。それがここでは、たった五人。いくら砂糖菓子派閥《がしはばつ》の内情に疎《うと》いアンでも、派閥の本工房の職人が五人というのは、普通ではありえないとわかる。

「これでわかってもらえると思うけど。実はペイジ工房派って、危機的状況《じょうきょう》なんだよねぇ。職人は五人だけで、砂糖菓子の注文もめっきり減って」

アンは口を開けたまま、言葉が出なかった。なぜ伝統ある派閥がこんなていたらくになっているのか、わけがわからなかった。

さらにエリオットは、とんでもないことを気楽に告げた。

「アンには、ペイジ工房派の本工房の立てなおしを期待してるんだよ。ひとつ、よろしく」

呆然《ぼうぜん》とした。


ブリジットが、部屋に飛びこんできた。後ろ手に扉《とびら》を閉めると、呻《うめ》くように言った。

「ひどいわ。エリオット。わたしのためみたいなこと、散々言っていたくせに。あの子を連れてきて。お父様も、勝手に……。エリオットもお父様も、みんな、工房のことしか考えない。誰《だれ》もわたしのことを考えない。昔から……みんな」

シャルは窓辺にいた。なにかがあったのだろう。しかしブリジットになにがあろうと、特に興味はなかった。ちらりと横目で彼女を見て、すぐに窓の外の景色に目を移した。

この部屋は息苦しくて、好きになれなかった。しかし窓からの景色には心がなごむ。

「みんな、ひどい！」

叫《さけ》ぶと、ブリジットは扉脇《とびらわき》の飾《かざ》り棚《だな》の上を、手でなぐようにした。飾られていた小さなガラスの置物が、いっぺんに床《ゆか》に落ちて砕《くだ》けた。

「騒々《そうぞう》しいな」

呟いたシャルに、ブリジットはつかつかと近寄ってきた。

「エリオットが、アン・ハルフォードを連れてきたわ」

──来たのか。

来る必要はなかったのにと、苛立《いらだ》ちに似た思いがわきあがる。けれど同時に、アンに会えるかもしれない期待に、冷え切った胸の奥に、明るいなにかが灯《とも》る気がする。

「嬉《うれ》しいわよね……わかってるわ」

シャルの微妙《びみょう》な表情の変化を目にして、ブリジットの声は震《ふる》えた。

「アンは、ここで働くって。たぶん、この家に寝泊《ねと》まりするわ。それで、もしアンが仕事をうまくこなしたら、お父様はあなたの羽をアンに返すって」

それを聞いて、シャルは眉《まゆ》をひそめた。

「それを条件にして、あの子に、工房の立てなおしをやらせようとしてるの。でも、そんなに簡単にいくはずない。エリオットでもオーランドでも、できないことなのに。昨日銀砂糖師になったばかりの子に、なにができるって言うの？　できるはずない」

自分に言い聞かせるように言いながらも、翡翠《ひすい》色の瞳《ひとみ》から、涙《なみだ》があふれる。

「だからあなたは、やっぱり、わたしのものよ。会ったら、あの子がここにいても、同じよ。あの子に会わないで！　命令よ。絶対、会わないで。会ったら、あなたを罰《ばっ》するわ！」

興奮して叫ぶブリジットの声に紛《まぎ》れて、声が聞こえた。

「シャル！」

それはアンの声だ。はっとした瞬間《しゅんかん》、ブリジットが胸に飛びこんできた。

「会わないで。会わないで。命令よ、会わないで、命令よ」

繰《く》り返すブリジットを抱《だ》きとめて、シャルは視線を窓の外へ向けた。アンがいた。じっとこちらを見ている。麦の穂《ほ》に似た色の髪《かみ》がふわふわと風に揺《ゆ》れている。

ひたむきなその顔を見ているのがつらくて、視線をそらした。

——アン。

名前を呼びたかった。

しばらくしてアンは、他《ほか》の職人たちとも合流したらしかった。彼らとともに作業棟《とう》の方へ向かった。視界から彼女の姿が消えた。

「ベッドに連れていって」

ブリジットは泣き続け、立っているのにも疲《つか》れたらしい。命じられるまま抱きあげた。

この部屋はブリジットの部屋だった。二間続きになっており、奥の部屋にベッドがあった。奥の部屋にはいると、壁際《かべぎわ》に置かれたベッドに彼女を横たえた。

「離れないで」

ひきとめるように手を摑《つか》まれ、命じられた。しかたがないので、ベッドに腰《こし》かけた。

ブリジットはベッドの上でうつぶせになり、枕《まくら》に顔をつけて泣き続けた。

彼女は、ペイジ工房派創始者一族直系の一人娘《むすめ》だ。大切にされている。

だが実際は、彼女一人が高い場所においてけぼりにされ、事が勝手に進んでいるようだ。

ずっとそうやって、ブリジットは成長したのかもしれない。自分とは関係ない場所で進められることを見おろして、嫌《いや》な気持ちになったり嬉しがったり、そんなことしかできなかったのかもしれない。だから自分で行動を起こしたときは、気持ちのままに、やみくもにふるまうしかない。うまく事を運ぶための方法が、わからないのだ。

まるで子供だ。

昔。二十年ほど前。シャルはある貴族に、使役《しえき》されていたことがある。その時城にいた七歳の男の子と、ブリジットは似ている。やっていること、言っていることがそっくりだった。

あの子供も、なぜかシャルを気に入って、そばから離そうとしなかった。寂《さび》しかったのだろうと、今ならわかる。優《やさ》しくして欲しかったのだろう。

けれど愛し方を知らない子供は、ちょっとしたことで癇癪《かんしゃく》を起こし、シャルの羽を痛めつけた。シャルは怒《いか》り、さらに頑《かたく》なになった。あの子供は、すでに成人しているだろう。

日が暮れる頃《ころ》には、ブリジットは泣きやんでいた。それでも枕から顔をあげようとしなかった。すっかり日が沈《しず》むと、一度部屋の扉がノックされた。エリオットの声で、夕食の準備が整ったと知らせた。けれどブリジットはベッドに伏《ふ》せたまま、いらないと怒鳴《どな》り返した。

シャルはベッドに腰かけて、ずっと長い時間、窓の外を眺《なが》めていた。

どのくらい時間が経《た》ったのか。暗い部屋の中、床に窓枠《まどわく》の形の月明かりが落ちている。

アンは、工房の立てなおしの仕事を任されたという。それが容易でないことくらいは、シャルにも想像がつく。

もし、アンが仕事をやりとげれば、シャルは再び自由を得られるのかもしれない。

けれどアンにそんな負担を強《し》いて、いいわけはない。本来なら彼女は、自分の思うような仕事をするべきだ。もっとふさわしい仕事があるはずだ。

窓の外。点在する作業棟の屋根が、月光に白く光っていた。月の位置から推測すると、真夜中に近いと思われた。

闇《やみ》に沈む景色の中、動く物があった。作業棟に向かって、小柄《こがら》で手足の細い影《かげ》が歩いている。

はっとした。アンに間違《まちが》いなかった。目をこらすと、彼女の吐《は》く息が白く見えた。

何かを思案するように、アンは難しい顔をして作業棟の中に入っていった。

思わず、ベッドから立ちあがった。ブリジットは、泣きつかれたらしく眠《ねむ》りこんでいる。多少の物音や気配では、起きそうもなかった。

シャルは次の間に移動すると、掃《は》きだし窓《まど》を開け外へ出た。

会うなと命じられてはいた。知られれば、罰せられるかもしれない。

ブリジットはこの家に到着《とうちゃく》してから、シャルの羽をどこかに隠《かく》してしまった。シャルに奪《うば》い返されることを恐《おそ》れてのことだろう。もし命令を無視したと知れば、彼女は隠し場所から羽を取り出して、痛めつけるはずだ。彼女には、シャルを殺すほどの度胸はない。だが怒りを爆発《ばくはつ》させれば、相手を苦しめることをためらうほどやわでもない。

しかし、アンと話をしなくてはならない。

――あいつを追い返すべきだ。

そう決意して歩き出しながらも、同時に別のことも思っていた。

――顔が見たい。

と。


ペイジ工房《こうぼう》派の本工房の立てなおし。それがアンの、ここでの仕事らしかった。

アンは銀砂糖師になって二日目。しかもどこかの工房で修行《しゅぎょう》したこともない。ほとんど、エマの見よう見まねで技術を磨《みが》いた。そんな自分が、ペイジ工房派の本工房を立てなおすなんて大それたことが、できるとは思えない。

だがアンは、やらなくてはならないのだ。なしとげれば、シャルに自由が戻《もど》る。

それが大きな原動力だった。放り出したいとは、微塵《みじん》も思わなかった。

アンは母屋《おもや》の二階に、一部屋を与《あた》えられた。

夕食はエリオットとオーランドとミスリルと一緒《いっしょ》に、母屋の食堂でとった。エリオットはよく喋《しゃべ》ったが、オーランドはほとんど口を開かなかった。アンを無視しているというよりは、彼は全《すべ》てに対してそんな態度を貫《つらぬ》いているようだった。

グレンは自分の部屋で食事をして、ブリジットは食事の場に現れなかった。

シャルの姿も見なかったが、その方がいいと思えた。姿を見たら、また胸が苦しくなる。そしてシャルのこと以外、考えられなくなる。

それよりも今は、自分にかされた仕事を、どう進めていくべきか考えなくてはならない。

それが結局、シャルを自由にすることにつながる。

昨日から今日にかけて、散々気をもんだのだろう。ミスリルは疲れたと言って、すぐにベッドに入って眠った。アンも一緒にベッドに入った。

部屋は古かったが、清潔だ。漆《うるし》を塗《ぬ》った腰板《こしいた》や漆喰《しっくい》の壁《かべ》。作りが重厚《じゅうこう》なので、古さが部屋の趣《おもむき》になっている。寝具《しんぐ》もふかふかの綿を充分《じゅうぶん》に使ったマットレスと、温かな毛織りの毛布で申し分ない。普段《ふだん》の野宿生活では着ない、寝間着《ねまき》まで着てベッドに入っていた。体を締《し》めつけられていないので、快適だ。

それでも、容易に眠りはやってこない。

何度か寝返《ねがえ》りを打っていたが、とうとう寝ることを諦《あきら》めて、ベッドの上に座った。

——どうせ寝られないなら、作業棟を、もう一度見ておこう。

思い立って、ミスリルを起こさないようにベッドを抜《ぬ》け出した。

寝間着の上にショールを羽織って、部屋にあるランプに火を入れた。それを持って外へ出た。ほどいている髪が、肩《かた》の上で風に軽く躍《おど》った。寒かった。吐く息は、真っ白だ。

作業棟は、縦長の建物だった。丸い石を積んで壁にして、その上に板葺《いたぶ》きの屋根を載《の》せてある。平屋作りだったが、屋根裏が広く取られており、中腰《ちゅうごし》で歩けるほどの空間がある。

出入り口に使われている、木製の観音開きの扉《とびら》をあけて中にはいる。

ランプを手に、手前からゆっくりと奥へ進んだ。作業棟は、縦に長い。ランプの光が届かない暗闇《くらやみ》の向こう側に、長く空間がのびている。

壁際には、銀砂糖を保管する樽《たる》が並んでいた。

反対側の壁際は、煮溶《にと》かした砂糖林檎《りんご》を乾燥《かんそう》させるための棚《たな》。

砂糖菓子《がし》を制作する石の台が、四つ。冷水の樽が、それらの脇《わき》に置かれている。

ここには、ラドクリフ工房派の本工房のように、大がかりな竈《かまど》や石臼《いしうす》がなかった。家庭用よりすこし大きな石臼が、十あまり。そして一番奥には、酒場の厨房《ちゅうぼう》にあるような大きめの竈が五つ。広々とした作業棟に、手頃《てごろ》な大きさの道具類が整然と並んでいる。

その手頃な大きさの設備が、アンには好ましかった。

この程度の大きさの竈や石臼が、銀砂糖の精製には向いている。

一気に大量に作るよりも、少量ずつ精製したほうが丹念《たんねん》に作業ができるからだ。丹念な仕事で、銀砂糖の質も上がる。ここには同様の作業棟《とう》が七棟《むね》ある。小分けにして作ることにより、大量の銀砂糖の精製が可能であるのと同時に、銀砂糖の質を保つためにこのような作りになっているのかもしれない。

それを理解してこの設備を保っているとするならば、ペイジ工房派は、銀砂糖の精製にはかなり気をつかう派閥《はばつ》だと言える。

──それがどうして、職人がたった五人なんて、ていたらくになってるの?

使いこまれた古い竈を見おろしながら、首を傾《かし》げる。

今日の夕方、エリオットに案内されて、一度見た場所だった。だがもう一度、見ておきたかった。がらんとしていて質素ではあるが、なぜかシルバーウェストル城の銀砂糖子爵《ししやく》の作業場と似た、静かで、荘厳《そうごん》な空気を感じる。すり減った石臼や作業台など、それらの道具に過去の職人たちの思いがしみこんでいるからなのかもしれない。

ラドクリフ工房派の本工房の作業場には、なかった空気だ。

竈のふちを撫《な》でると、ひやりとした感触《かんしょく》がした。銀砂糖に触《さわ》りたいと、ふと思う。

そしてまた、疑問が浮《う》かぶ。

──どうしてわたしは、こんなに砂糖菓子ばかり作りたくなるのかな?

その時、出入り口の扉が軋《きし》む音がした。はっとして、ランプをかざしてふり返った。肩にかけていたショールが、はずみで床《ゆか》に落ちる。

背に月光を浴びて、すらりとした影が出入り口に立っていた。

妖精《ようせい》特有の白い肌《はだ》が、月光に洗われて白さを増す。髪《かみ》の先や睫《まつげ》や、羽が、銀粉を散らしたように光る。黒曜石から研ぎ出された刃《やいば》のように、鋭《するど》いのにきらきらしている、ぞっとするほど整った容姿。昼間、名前を呼びたくて、そばに行きたくて、仕方なかったその人だった。

思いがけない再会に、アンはその場に立ちつくした。

シャルが、眉《まゆ》をひそめる。

「そんな格好で、うろつくな。迷惑《めいわく》だ」

「……へ」

アンはシャルが視線を注いでいる、自分の肩から胸のあたりを見た。

ゆったりと仕立てられた、白い木綿《もめん》の寝間着だ。袖《そで》や裾《すそ》、胸回りに質素だけれど可愛《かわい》いレース飾《かざ》りがあり、気に入っている。襟《えり》ぐりをリボンで絞《しぼ》って調整しているのだが、ベッドの中で散々寝返りを打っていたせいか、そのリボンが解けてしまっていた。

右肩《みぎかた》が丸見えで、胸のあたりも、かなりきわどいところまではだけている。

「わっ！　あ、ちょっ、ちょっと、待って！」

アンはあわてて竈の縁《ふち》にランプを置くと、シャルに背を向けた。

急いで胸元《むなもと》をなおそうとする。ぎゅっとリボンを引き、とりあえず肩や胸は隠れた。けれど手がかじかんでいて、うまくリボンを結べなかった。

――せっかく、シャルに会えたのに！

自分の格好悪さが、情けなかった。

シャルの足音が近づいてきて、背後で止まった。そして責めるように、冷たく言われた。

「なぜ来た」

拒絶《きょぜつ》されたような気がして、身がすくむ。

ミスリルも言っていたように、シャルはアンの助けなど、必要としていないのかもしれない。けれどシャルは、アンのために自由を手放した。そのことは変わらない。

シャルがアンの助けを拒絶しても、引き下がるわけにはいかなかった。

「シャルがわたしの銀砂糖のありかを、ブリジットさんから訊《き》きだしてくれたこと。そのために、羽をあの人に渡《わた》しちゃったことを教えてもらったの。だから、シャルを助けに来たの」

「おまえに助けてもらおうと思うほど、おめでたくはない。銀砂糖のことは、俺の判断でしたことだ。おまえには関係ない。それよりもおまえは、ここにいていいのか？　銀砂糖師になってからの一年は、大切な時期じゃないのか？　そんなこともわからないほど、馬鹿《ばか》か？」

シャルの言葉は、冷静で簡潔で、的確だった。

アンは懸命《けんめい》に、シャルの言い分を負かすような言葉を探した。けれど情けないことに、単純な言葉しか見つからない。

「関係ないわけ、ない」

「俺の勝手だ。関係ない」

「シャルが勝手にしたって言っても、関係ないわけない。だから、絶対にわたしはシャルを自由にする。わたしがシャルを助ける」

「馬鹿か。とにかく、……こっちを見ろ」

苛立《いらだ》たしげに、シャルが言う。

「馬鹿、馬鹿って、言わないで」

アンはうまく動かない指でリボンと格闘《かくとう》しながら、あせっていた。

「そりゃ、わたし馬鹿だけど。今回のことは、馬鹿なことじゃない」

「こっちを向けと言ったんだ」

背後で、シャルが再び言った。言われると、よけいにあせった。

「だってこのリボンが」

「なにがだってだ？　顔を見せろ」

さらに声が刺々《とげとげ》しくなる。

「リボンが。うまくいかなくて」

「まどろっこしい！」

ふいにシャルが、アンの両肩《りょうかた》を掴《つか》んで彼女の体を反転させた。そして自分の真っ正面に引き寄せると、舌打ちした。

「これが原因か!?　さっさとしろ！」

憤然《ふんぜん》と言いながら、シャルはアンの胸のリボンに手をかけると、器用にそれを結んでくれた。

「あ……ありがとう」

こんなに苛々《いらいら》して怒《おこ》っているのに、どうして親切にリボンを結んでくれたのか。理由は分からないが、とりあえず礼は言った。

礼を言われたシャルは、はっとしたようだった。自分の指が触《ふ》れているリボンを見おろして、ものすごくまずいことをしてしまったかのように、顔をしかめる。

シャルはリボンから手を離《はな》しながら、不満げに呟《つぶや》いた。

「顔を見せないからだ」

すぐにシャルの顔を見なかったのが、そんなに悪いことだと思っていなかった。けれど彼がそれで不愉快《ふゆかい》になったのならば、申し訳なかった。

「ごめん。でも、リボンが」

「気にするな」

そう言ったシャルは、軽く自己嫌悪《けんお》に陥《おちい》っているようにも見えた。背を向けていたときに比べ、彼の刺々しさが急に萎《な》えた。

「シャル。とにかく、わたしはシャルを助ける」

「まだ言うのか？」

「こればっかりは、シャルには従えない。だって。わたしが、一緒《いっしょ》にいたいんだもの。ミスリル・リッド・ポッドとシャルと、三人で一緒にいたいんだもの」

「俺がいないことには、慣れる」

「そんなの、慣れたくない！」

「甘えるな。それだけの理由なら、ここを出ろ」

「それだけじゃない!!」

思わず、声が大きくなった。

「わたしは、シャルを助けなくちゃいけないの。そうじゃなきゃ、自分の力で銀砂糖師になったって言えない！」

意外な言葉を聞いたかのように、シャルの表情が変わる。

「このままじゃ、シャルの力を借りて銀砂糖師になったってずっと思う。だから絶対にわたしはわたしの力でシャルを助ける。それで、おあいこになる。そしたら胸を張って、自分の力で銀砂糖師になったって言える！」

気持ちを、うまく言葉にできた確信はなかった。けれどこれで精一杯《せいいっぱい》だった。

しばらくの沈黙《ちんもく》の後、シャルは確かめるように問い返した。

「自分の力？」

「そうよ。わたしは自分の力で、正々堂々と銀砂糖師になったって言いたいの」

自分のために犠牲《ぎせい》になったシャルを、放っておけない。シャルと一緒にいたい。そして砂糖菓子《がし》職人の誇《ほこ》りにかけて、自分の力で銀砂糖師になったと言うために、シャルを犠牲にしたままにはできない。自分の力でシャルを取り戻《もど》せれば、本当の意味で、自分は自分の力で銀砂糖師になったという誇りを保てる。

「シャルを助けたい理由が、いっぱいある。いっぱい理由があるのに、引き下がれない。わたしはシャルがいやがっても、怒っても、シャルを助ける。しかもそれは、不可能じゃない。グレンさんは、わたしがペイジ工房《こうぼう》派の立てなおしをできれば、シャルの羽を返すと言ってくれてる。暴力や、お金や、そんなものじゃなくて。自分の職人としての力量で、シャルを助けられる。だからわたしは、やらなくちゃならないの」

シャルは、深い溜息《ためいき》をついた。

「おまえには、職人としての誇りがある。だから、借りはつくれないのか」

そしてしばしの沈黙の後、静かに言った。

「ほんとうに、おまえは馬鹿だ」

「また、馬鹿って」

抗議《こうぎ》しようと口を開きかけた時、抱《だ》き寄せられた。

細く長い、そして冷たい指の形を、薄《うす》い木綿の生地《きじ》を通して背中に感じた。温かい息が髪に触れ、それは滑《すべ》るように耳元におりる。

「おまえの誇りのためだというなら、追い返せない」

薄い生地を通して、強く抱きしめてくる腕《うで》や胸の強さを感じた。顔が、熱くなる。どうすればいいかわからず、体が強《こわ》ばって動けない。

「アン」

耳元で名前を呼ばれた。体の芯《しん》をとろかす、吐息《といき》のような声だった。彼がときおりアンをか

らかって、わざと意地悪でする甘さとは、比べものにならない。

膝《ひざ》が綿になったように、力が抜《ぬ》けそうになる。心臓が激しく暴れる。

「俺は誰《だれ》かに、助けられたことはない。どうすればいい？　おまえが俺を助けるというなら、俺はなにをすればいい。教えろ」

「た、助けられる人は、なにもする必要ないと思う。ただ待っててもらえたら、それでいい」

震《ふる》える声で答えると、さらに強く抱きしめられた。息が苦しい。

「おまえが待てというなら、待つ」

「じゃあ……待って」

「お前を待つ」

誓《ちか》いの言葉のように、シャルは囁《ささや》いた。

三章　最初の銀砂糖

朝日が昇《のぼ》るとともに、アンは目覚めた。

「ミスリル・リッド・ポッド！　起きて、ね。起きて」

カーテンを開けると、アンは毛布の中に埋《う》もれているミスリルを掘《ほ》り起こした。丸まって眠《ねむ》っている湖水の水滴《すいてき》の妖精《ようせい》の小さな肩《かた》を、指先で軽くつつく。

「なんだよ……アン。もう、朝飯？　でも、アン……着替《きが》えてないじゃないか。着替え終わるまで、どうせ俺に見るなって言うなら、寝《ね》かせといてくれよ……」

のろのろと起きあがったミスリルは、あくびをして再び毛布にもぐりこもうとする。

「待って、訊《き》いてよ！　昨日の夜に、シャルに会えたのよ！」

「会えたって？」

さすがに、ミスリルも驚《おどろ》いたように顔をあげた。

本当は、昨夜シャルと別れて部屋に帰ってすぐに、ミスリルに報告したかった。けれど気持ちよく眠っているミスリルを起こすのが忍《しの》びなくて、朝まで我慢《がまん》していたのだ。

「夜中に眠れなかったから作業棟《とう》を見に行ったら、シャルが来てくれたの。わたしが仕事をきちんと成しとげてシャルを助けるって言ったら、待っててくれるって」

「待つ? あいつのことだから、よけいなお世話だ、出ていけって言うと思ってたけど」

ミスリルはしばし考えこんだあとに、はっとしたように言った。

「そうか! シャル・フェン・シャルは、あの女の相手がよっぽどつらいんだ! たぶん、俺たちに想像もできないようなすごいことが、あの女の部屋でくりひろげられてるんだよ!」

「想像もできないようなすごいことって、なに!?」

「馬鹿《ばか》だな! 俺たちが想像できないから、すごいんだって!」

言われると、にわかに不安になる。

「そういえば、シャルの様子がなんとなくおかしかった気がする。怒ってるのに、親切にリボン結んでくれたりとか」

「くぅぅぅ……気の毒に。シャル・フェン・シャル」

ミスリルは目頭《めがしら》を押さえていたと思うと、すくっと立ちあがった。

「よし、仕事に行くぞアン。こうなったら一刻も早く工房を立てなおして、シャル・フェン・シャルを、自由にしてやろうぜ。俺もバリバリ働く!」

同胞愛《どうほう》に燃えるミスリルにせき立てられて、アンは急いで着替えをして、一階の食堂へおりた。食卓《しょくたく》にはすでにオーランドが座っていて、黙々とフォークを使っていた。

「おはようございます。ラングストンさん。あの、隣《となり》。いいですか?」

訊くと、目顔で一番離れた席を指された。

「こんなに広いんだ。狭苦《せまくる》しいから、くっつかないでくれ」

「……はい」

がっかりしながら、アンはオーランドと離れた席に着いた。

食卓には、椅子《いす》が十四脚《きゃく》もある。そこに人間二人と小さな妖精一人。本来ならば、本工房で主要な仕事をこなす職人たちが、席を埋めているはずだ。樫《かし》造りの立派な食卓だけに、閑散《かんさん》とした雰囲気《ふんいき》がより強い。ペイジ工房派の本工房が、凋落《ちょうらく》している現状をひしひしと感じる。

救いなのは、食堂の日当たりがいいことだ。閑散とした食堂でも、とりあえず部屋は明るい。

アンが席に着くと、母屋《おもや》の家事をこなしている妖精の女の子が、朝食の皿とお茶のカップを運んでくれた。薄いオレンジ色の髪《かみ》をした妖精だった。母屋にはもう一人、家事をこなす妖精がいるはずだが、姿は見えない。

アンがフォークを手にして、皿の上に載《の》ったスクランブルエッグをすくったときだった。

突然《とつぜん》オーランドが、口を開いた。

「それと」

顔をあげると、オーランドはこちらを見もせずに、お茶のカップを手にしている。

「俺に敬語を使うな。さん付けする必要もない。オーランドと呼べばいい。そうするべきだ」

「でも、年齢《ねんれい》的にも、経験的にも」

「立場を認識《にんしき》してくれ。あんたが敬語を使う必要があるのは、グレンさんとエリオットだけだ」

オーランドはぴしりと言うと、席を立った。そして、

「朝食の後、作業棟に来てくれ。あんたが職人頭なんだ」

それだけ言うと、食堂を出て行った。ミスリルはその背中に向かって、べっと舌を出した。

「なんだよ、あいつ。すかしやがって。『立場を認識してくれ』」

オーランドの口まねをするミスリルに、アンは苦笑《くしょう》した。

「でも、間違《まちが》ったことは言ってないよね」

「お、はやいねぇ。アン」

グレンの部屋から、エリオットが出てきた。アンの姿を見ると、にこにこして食堂に入ってきた。手には手紙が二、三通と、なにやら書きつけた紙の束を持っている。

「おはようございます。コリンズさんこそ、はやいですね」

「だって、俺、長《おさ》の代理だからね。毎朝グレンさんに御用《ごよう》を訊いて、長の仕事をしなきゃなんないわけ。今日もこれから夕方まで、その関係で外出。配下の工房どうしが、もめてるみたいでねぇ、喧嘩《けんか》の仲裁《ちゅうさい》だよ。それからすぐに、ミルズフィールドの職人ギルドに行かなきゃね。銀砂糖なんか、触《さわ》れもしない」

ぼやくように言って、エリオットは当然のようにアンの横に座った。

「ギルドに？　なんの用事ですか？」

ギルドとは、商人、職人たちの組合だった。商人ギルド、職人ギルドが、各州都にある。職人ギルドには、砂糖菓子《がし》職人や陶器《とうき》職人、鍛冶《かじ》職人など、様々な職人たちが加盟する。加盟していれば、異なる職種間で輸送手段を共有したり、顧客《こきゃく》を紹介《しょうかい》しあったりして、なにかと恩恵《おんけい》がある。職種間の争いごとの仲裁や、時には資金も融通《ゆうずう》してくれる。

「う～ん？　借金返済期限延長の申しこみ」

「借金⁉　て、どのくらい」

「ペイジ工房《こうぼう》の土地を担保に、一万クレスかな」

「いいい、一万クレス⁉」

一万クレスあれば、ラドクリフ工房派なみの本工房の職人たち全員の、一年分の給金だってまかなえるだろう。

「これでも権利株なんかを売却《ばいきゃく》して、かなり整理したんだけどねぇ」

「でも、ペイジ工房派の長だったら、ギルドの顔役じゃないんですか？　その顔役が借金？」

「ここの職人ギルドには三人の顔役がいるけど、ペイジ工房派の長は代々顔役だよ。ギルドに恩恵も与《あた》えてきたし、ギルドの創設資金は三代前のペイジ工房派の長が出したし。けど、先代の頃《ころ》から、うちは資金繰《しきんぐ》りが苦しくてねぇ。借金に借金を重ねちゃって、とうとう土地を担保にしちゃったわけよ。年内に返済できなきゃ、土地が半分持って行かれる」

「お金返すあてはあるんですか？」

訊いたアンのほうが、青くなる。

「ないね」

エリオットはあっさり言った。しかしすぐに、にやっと笑った。

「だから、交渉《こうしょう》するんだけどねぇ。でも、このことはグレンさんの耳には入れないでね、アン」

「でも長なんだから、グレンさんも借金のことはご存じなんでしょう？」

「借金はグレンさん本人もしたんだから、承知してる。知らせて欲しくないのは、ギルドが急に借金の返済を迫《せま》ってるってこと。普通《ふつう》、ギルドの創設者の血筋には信頼《しんらい》がある。それに対して、突然に借金全額返済なんてことは言わない。けどグレンさんが病気で、工房の先行きが不安なのが原因で、他《ほか》の顔役二人が貸し倒《だお》れを恐《おそ》れて無茶《むちゃ》なことを言ってきた」

「でも、お金もないのに、どうやって交渉を」

「お金を借りるときには、証文を作るでしょう？　返済の条件も書かれてる。だからこのなかに書かれている一言一句を頼《たよ》りに、相手さんと戦うわけ。俺がなんとかする」

手にした紙の束をひらひらさせたエリオットの目の奥に、一瞬《いっしゅん》、鋭《するど》いなにかがのぞく。しかし彼はすぐに不真面目《ふまじめ》に笑い、肘《ひじ》でアンの脇腹《わきばら》をつついた。

「ま、それはそうと。俺、アンは起きてこないんじゃないかと思ってたんだけどな～」

「なんでですか？　わたし、いつも早起きなんですけど」

「どんな早起きでも、真夜中に逢《あ》い引きなんかしたら寝不足《ねぶそく》じゃない？」

ぎょっとした。

「見たんですか!?」

「いやいやいや、安心してよ。作業棟の中で何やってたかは、見てない。母屋の窓から、見ただけなんだから。覗《のぞ》きに行きたかったんだけど我慢した。偉《えら》いだろう？　でも真夜中に逢い引きって、そそられるよね。今度俺と恋人《こいびと》ごっこで逢い引きしてみる？　ドキドキだよ～」

「絶対に嫌《いや》です！　仕事に行きます！」

こんなふざけた恋人は、心底ごめんだ。急いで朝食をかきこみ、アンは立ちあがった。その肩に飛び乗ったミスリルが、エリオットに向かって怒鳴《どな》った。

「このスケベ！　脳みそ、いっぺん洗濯《せんたく》してもらえ！」

エリオットの楽しげな笑い声が、ずんずんと食堂を出て行くアンの背にあたった。

作業棟《とう》にはいると、すでに職人たちはそろっていた。とはいえ、たった四人。

オーランドとキングは、それぞれ別の作業台で、砂糖菓子を作っている。

ナディールとヴァレンタインは作業棟の隅《すみ》で、砂糖菓子を作る道具を手入れしていた。

アンが作業棟にはいると、全員の視線が集まった。

たじろぎそうになるが、とりあえず笑顔《えがお》で挨拶《あいさつ》した。

「おはよう」

オーランドは相変わらずの無反応だが、ナディールは軽く手をふってくれた。ヴァレンタインは困ったような笑顔ながら、「おはようございます」と丁寧《ていねい》に返してくれた。キングもにっと笑って、「おっす」と言った。

が、そこで再びアンは戸惑《とまど》った。

――で？　どうすれば、いいんだろう。

まず、今どんな仕事を請《う》け負《お》っているのか、確認する必要がある。前職人頭のオーランドに訊《き》くのがいいだろう。そして仕事の内容を把握《はあく》してから、全員に指示を出すべきだ。

そこまで考えて、しまったと思った。

——昨日の夜に、仕事の内容を把握しておく必要があった。

四人の職人たちは、自分たちで勝手に仕事をはじめている。おそらく、昨日からの続きの仕事なのだろう。

問題は、アンだ。職人頭として仕事をしろと言われた自分は、今日の仕事を指示しなくてはならない。

「えっと……。とりあえず、みんな昨日の仕事の続きをお願い」

迷ったあげく、アンは言った。

その指示に、四人の職人たちは顔をあげた。そして頷《うなず》いたり、「おう」とか「わかった」とか返事をしてくれた。文句は出ない。しかし「それでいいの？」と問いたげな、拍子抜《ひょうしぬ》けした空気を感じる。アンも我ながら、がっかりした。「とりあえず、みんな昨日の仕事の続き」とは。職人頭としての最初の指示にしては、あまりにも情けない。

ミスリルが、アンの肩《かた》の上で首を傾《かし》げる。

「俺はなにをすればいい？　アン」

問われても、何も思いつかない。ほんとうに、見事なくらい。アンは力を落としながらも、お願いした。

「作業棟のお掃除《そうじ》を……お願いできる？」

「おうっ！」

やる気満々で、ミスリルはアンの肩から飛び降りた。それがかえって申し訳ない。

指示を出すということが、これほど難しいとは思わなかった。漠然《ばくぜん》と大変だろうとは思っていたが、その大変の質が今までと違《ちが》う。まるでつかみ所のない空気の固まりを押しつけられて、なにか形あるものに変えろと言われているような気がする。

ふと、視線に気がついた。オーランドがこちらを見ている。アンの無能ぶりが、もどかしいことだろう。恥《は》ずかしさに顔が熱くなる。が、彼の前からは逃《に》げ出せない。今、アンがやらなくてはならないのは、まず仕事の現状を確認《かくにん》することだった。

オーランドの作業台に近づいて、彼が細工中の砂糖菓子を眺《なが》める。

「今オーランドが作ってるのは、どんな注文の砂糖菓子なの？」

まだ半分ほどしかできていないが、猛々《たけだけ》しく前脚をあげた馬の砂糖菓子だった。馬の強い筋肉やたてがみのなびく様子が、見事に再現されている。正直、驚《おどろ》いた。

――うまい。

オーランドは銀砂糖に冷水を加え、それを練りながら答えた。

「ミルズフィールドに拠点《きょてん》がある、陶器工房の長に頼《たの》まれた。息子《むすこ》の誕生祝いだ」

「息子さん、馬が好きなの？」

「好きかもしれないし、嫌《きら》いかもしれない。息子は一歳だ。わからんな」

「でも、なんで馬？」

「案を出して、選んでもらった。その中で、馬がいいと言ったんだ」

「提案した中で、馬がいいってその理由は？」

訊くと、オーランドは顔をあげた。軽く頭をふって、まとめた髪《かみ》が頰《ほお》にかかるのをじゃまくさそうに払《はら》う。それから迷惑《めいわく》げに眉《まゆ》をひそめた。

「訊いてない。なんでそんなこと訊く必要があるんだ？　馬でいいと言ったんだ。それ以上訊く必要はないだろう」

「なんでって、言われても。その人が欲しいものを知らないと、作れないでしょ？　同じ馬でも雰囲気《ふんいき》とか、違ってくるし」

「客に媚《こ》びて、言いなりに作ればいいってもんじゃないだろう。幸運を呼びこむために、職人は技術を尽《つ》くして砂糖菓子《がし》を作るんだ。職人が作りたいものを作らないで、いいものができるはずはないだろう？」

オーランドはアンを批判したのではない。けげんな表情からも、それはわかる。彼は単に、アンの砂糖菓子に対する姿勢が、理解できないだけなのだろう。

——職人が作りたいものを作る？

アンは今まで、生活のために砂糖菓子を作っていた。客の希望を訊いて、客が満足する砂糖菓子を作り、買ってもらう。それがあたりまえだと思っていた。実際ラドクリフ工房派の本工房でも、砂糖菓子は客の注文を詳細《しょうさい》に訊いて、意向にそうものを作っていた。

けれどオーランドはそれを、客に媚びると表現した。職人は技術を尽くして、作りたいものを作るのだと。それは職人にとって、もっとも理想的な仕事の形かもしれなかった。

「仕事を続けていいか？　そこ、うっとうしいから離《はな》れてくれ」

邪魔《じゃま》するなと言わんばかりに、オーランドは冷水に手を浸《ひた》した後、再び銀砂糖を練り始めた。

——この工房は、ラドクリフ工房派とは違う。わたしとも、違う。

すこし離れた位置でオーランドの手つきを見つめながら、アンは困惑《こんわく》していた。

——でも、この人。すごく腕《うで》がいい。

オーランドが練る銀砂糖は、たいした力を入れているようにもみえないのに、みるみる光沢《こうたく》を増していく。なめらかな馬の筋肉を表現するには、ぴったりの艶《つや》だ。

しかし練りを繰《く》り返す作業の間中、高い位置で結んだ髪の先が頰に触《ふ》れ、オーランドはいやそうに何度も頭をふって髪をはねのけていた。その様子を見て、思わず言ってしまった。

「そんなにじゃまなら、髪、切ればいいのに」

するとオーランドはむっとしたように顔をあげた。

「うるさい。俺の勝手だ」

さらに機嫌《きげん》が悪そうになったので、アンはあわてて、背後の作業台にいるキングの方を見る。

こちらは花のモチーフを作っているらしい。色粉の調合で作り出す微妙《びみょう》な色合い、一つ一つが美しい。そしてそれが全体的に調和したトーンになっている。色彩《しきさい》豊かでいい作りだった。

「これも素敵《すてき》。すごく色がいい」

キングの手もとを覗きこみ、呟《つぶや》く。と、キングがぎょっとしたように飛び退《の》いた。その顔が真っ赤だ。あまりの赤さに、アンはびっくりした。

「どうしたの⁉」

「や、ややや。いや。ちょ、ちょっと近くないか⁉」

「え⁉ 近かった⁉」

言われたアンも、あわてる。と、キングもさらにあわてたように言う。

「や、悪い。気のせいだ、気のせい。それ、それだけなんだけどよ！」

キングはまた作業台の方を向いたが、耳が真っ赤だ。

「キング。アンに男の格好でもしてもらえば？」

手入れした道具を抱《かか》えて、キングの横を通り過ぎながらナディールが言った。

途端《とたん》にキングの眉がつりあがる。

「紋《し》め殺すぜ」

――もしかして……照れてるの？

強面《こわもて》のキングだが、どうやら女の子に免疫《めんえき》がないようだ。アンが近寄ると、途端に挙動不審《ふしん》になる。

「あの、アン？」

背後から呼ばれた。ふり返ると、ヴァレンタインがすこし困ったような顔で立っていた。

「僕は道具の手入れ終わったし、自分に任されている砂糖菓子もないんですけれど。どうすればいいですか？ 君の手伝いとか、ありますか？」

「あ、そうか。えっと……オーランド。今、他《ほか》に注文は受けてないの？」

問うと、

「ない。二つだけだ」

顔もあげずにオーランドは答えた。本工房《ほんこうぼう》が抱えている仕事が二件だけというのは、少なすぎる。職人の数が少ないだけでなく、注文の数も極端《きょくたん》に少ないのは事実らしい。

「二つしか仕事がないなら、オーランドかキングの作業を一緒《いっしょ》にしてもらえる？」

「一緒にですか？」

ヴァレンタインは、信じられないことを聞いたような顔をした。

「あっちはオーランドの仕事で、こっちはキングの仕事ですから。僕は手を出せませんよ」

「なんで!?」

「他人の仕事には、手を出すものじゃないでしょう」

当然のように言ったヴァレンタインの言葉に、アンは衝撃《しょうげき》を受けた。一瞬《いっしゅん》、混乱する。

――わたし、なにかとんでもない勘違《かんちが》いしてる!?

工房の強みは、職人がたくさんいるということだ。一つの大きな砂糖菓子でも、一人のリーダーが先頭に立ち、複数の職人が作業に加わり、それぞれパーツを作ったりする。造形に統一性が大事な作品の場合は、リーダーが造形を担当し、他の数人で銀砂糖を練り、色を作る。それによって一人で作品を作るより、格段に作業がはかどる。

それで間違《まちが》いないはずだ。ラドクリフ工房で作業の様子も見た。

けれど、違うという。

ということは、ペイジ工房派の本工房が特別なのだ。独特の方法論があるのだ。

「それじゃ。みんな自分の任された仕事を、自分で勝手にやってるの？」

「自分の責任でやりますよ、仕事は。職人ですから」

微笑《ほほえ》むヴァレンタインには、自信があふれていた。

「でも、職人頭の仕事は？　なにをしていたの、オーランド」

工房で受けた仕事を、効率よく、きちんとこなしていいものを作る。そのために職人を統率《とうそつ》するのが職人頭だろうと思っていた。

けれど各々《おのおの》の職人が、各々に手を出さずに、己《おのれ》の作りたい砂糖菓子を作っている。となると、統率など不可能。というより、不要だろう。

オーランドは度々《たびたび》仕事を邪魔されるのがいやそうに、目だけをあげた。

「銀砂糖の管理。注文の客が来たときの、応対。一番大事なのは、それぞれの職人が作った砂糖菓子が、ペイジ工房派の本工房として恥ずかしくない品かどうか見きわめること」

「見きわめて、どうするの？」

「まずいと思えば、修正の指示をする。的確にな。恥ずかしくない作品だと思えば、グレンさんに見せる。グレンさんが良しと言えば、ペイジ工房派本工房の印を、作品の台座に押す。それが役目だ。修正の指示が作品の質を向上させるんだから、責任は重大だ。工房の名を汚《けが》すような作品は、外へ出さないでくれ」

一人一人の職人に任される、一つの仕事。それは職人としてやりがいがあるだろう。

そしてその仕事は、職人が自ら作りたいと思うものを作る仕事。

これ以上ないほど、理想的だ。

――でも、どうしてだろう。なんだか、しっくりこない。

なぜか、微妙な違和感《いわかん》があった。

職人たちは良い腕をもっている。そして、職人としての誇《ほこ》りがある。そんな工房が廃《すた》れている事実が、惜《お》しい。なぜいいものを作る場所が、認められていないのだろうか。

それはアンが感じる微妙な違和感と、関係している気がしてならなかった。


その日一日。アンは結局、ナディールとヴァレンタインと一緒に、工房で確保している銀砂糖の量を確認《かくにん》する作業をして終わった。

不思議だったのは、ペイジ工房が確保している銀砂糖は、アンがラドクリフ工房からわけてもらった銀砂糖よりも格段に質がいいということだ。

一昨日《おととい》まで、ペイジ工房の四人の職人たちは、ラドクリフ工房派のセント州の拠点《きょてん》的な工房に行っていたという。そこで銀砂糖の精製の仕事をしていたのだ。

ようやく一昨日に精製作業が終了《しゅうりょう》し、銀砂糖の樽《たる》とともに、帰ってきたらしい。

そのせいで、今ペイジ工房派の本工房で請《う》け負《お》っている二つの砂糖菓子の制作が、遅《おく》れに遅れている。キングとオーランドは、日中ほとんど休みなく作業を続けていた。

日が暮れると、さすがに作業は終了した。

夕食の席には朝と同様、オーランドとアン、ミスリルしかいなかった。オーランドは早々に部屋に引き上げてしまったので、アンは広い食堂で、ぽつりとミスリルと並んでいた。

この母屋《おもや》は大きくて古い。けれど長年つちかってきた落ち着きがある。心地《ここち》いい家だ。

この母屋には、アンとミスリル以外に、七人も人が住んでいる。なのにミスリルと二人きりで食事をしていると、自分はこの家のお客様なんだと感じた。

ずっと旅暮らしをしていたアンは、どんな場所でもお客様だった。今もそうだ。

この家のよそよそしさが、すこし寂《さび》しい。職人頭を命じられて仕事を始めたからには、自分はペイジ工房派の職人の一員だ。そう思っているから、なお寂しさを感じるのかもしれない。

オーランドの食器を片づけるために、妖精《ようせい》の女の子が台所から出てきた。

彼女はアンと同じくらいの背丈《せたけ》で、実際の年齢《ねんれい》はわからないが、見かけの年齢はアンと同じくらいだった。オレンジの髪《かみ》がふわふわしていて、優《やさ》しそうな顔立ちだ。清潔な木綿《もめん》のエプロンと細かい花柄《はながら》のドレスが似合っていて、可愛《かわい》らしい。

「ねぇ、あの」

なんとなく寂しかったので、つい声をかけた。

食器を重ねていた妖精は、びっくりしたようにこちらを見た。

「わたし、自己紹介《しょうかい》したかな？　アン・ハルフォードって言うの。よろしくね」

「あ、はい。わたしはダナです」

「ダナは夕飯、もう食べちゃった？　まだなら、一緒にここで食べない？　もう一人、いるんでしょう？　その人も誘《さそ》ってもらえたら賑《にぎ》やかになるし」

ダナは、きょとんとした後に、滅相《めっそう》もないというふうに首をふった。

「いえ、それは、できません。そこは職人と家族の食卓《しょくたく》なんです」

「ミスリル・リッド・ポッドだって、一緒に食べてるし。ダナも同じ家にいるんだから、家族と一緒じゃない？」

「ち、違《ちが》います。ぜんぜん、違います。そっちの人は妖精でも、あなたの仕事を手伝ってる職人だから。わたしは職人でもないですし、妖精だから、家族でもないし」

ダナはあせったように否定して、急いで食器を片づけて台所へ引っこんでしまった。

「ふられた。一つの家に住んでて、こんなの寂しいじゃない」

しょんぼり項垂《うなだ》れたアンの手を、ミスリルがよしよしと撫《な》でる。

「気にするなよ。たいがいの妖精は、人間と一緒に食事をしようって誘われたらびっくりする。普通《ふつう》の人間は、妖精と食事しないからな」

と、突然《とつぜん》客間の方から大爆笑《だいばくしょう》する声が聞こえた。見ると、エリオットがコートを脱《ぬ》ぎながら、食堂に入ってくる。げらげら笑っている。

「なんだよ。妖精の、しかも女の子をナンパするくらいなら、俺を誘ってほしいなぁ、アン」

笑いながら、アンの隣《となり》に腰《こし》かけた。脱いだコートを椅子《いす》の背に掛《か》ける。

「寂しかったの？　可愛いねぇ。女の子はそうじゃなくちゃ」

「なんだか、馬鹿《ばか》にしてます？」

「馬鹿にしてないよ。俺は女の子のそういうところが大好きなの。で、今日はどうだったのよ？　お仕事、順調？」

問われて、真剣《しんけん》に考えこむ。

「職人は、職人の作りたいものを作る。それぞれに責任を持って、それぞれの仕事をこなす。それがペイジ工房派の信念みたいなものなんですか？」

「そ。ペイジ工房派三百年の信念で、グレンさんも、これだけは職人にたたきこんでる」

「理想的だと思うんです」

素直《すなお》に、アンは認めた。

「これ以上ないくらい、職人にとっては理想的だと思うんです。けど、釈然《しゃくぜん》としない」

途端《とたん》だった。エリオットのふざけた雰囲気《ふんいき》が、すっと引いた。

「アンはペイジ工房派三百年の信念と、グレンさんがずっと職人にたたきこんできた信念に、文句があるわけ？」

「文句があるわけじゃないんです。ただ、どうしてか。釈然としない」

自分でもわからないもやもやに、自然と眉間《みけん》に皺《しわ》が寄る。

アンに悪意や敵意がないのがわかったのか、エリオットは肩《かた》をすくめた。

「ま、いいや。期待して連れてきたのは俺だしね」

　そして、自嘲《じちょう》するように笑った。いつもの不真面目《ふまじめ》な彼の笑いとは、すこし違った。

「俺たちは、グレンさんに近すぎる。自分たちのやりかたが、心地いいし否定したくない。グレンさんを否定したくないから。けれどなにかが間違《まちが》っている。だから俺は毎日金策に走らなくちゃならない。結果、銀砂糖師と名乗っていても、ここ一年ほとんど銀砂糖に触《さわ》れない現実がある。間違ってるのはわかってるけど、なにが間違ってるのかわからない」

　わずかに、エリオットの素顔《すがお》がのぞいた気がした。

　グレン・ペイジはエリオットにとって、それほど大きな存在なのだろうか。そういえばキングも初対面の時に「グレンさんが認めているなら、俺にも異存はない」と、言っていた。全幅《ぜんぷく》の信頼《しんらい》を感じる言葉だ。ここの職人たちにとって、グレンはどんな存在なのだろうか。

　ちらりと見えた素顔を、エリオットは巧《たく》みに不真面目な表情で隠《かく》した。

「まっ、アンは最初の銀砂糖だ。思うとおりにやってみてよね」

「ずっと気になってたんですけど、その最初の銀砂糖ってなんですか？」

「あーそっか。ペイジ工房《こうぼう》派以外じゃ、使わない言い回しか。最初の銀砂糖ってのは……」

　答えかけたエリオットの言葉を遮《さえぎ》るように、女の声が割って入った。

「銀砂糖を精製するとき、砂糖林檎《りんご》を一晩冷水につける。その時に、一握《ひとにぎ》りの銀砂糖を加える」

　食堂から続きになっている廊下《ろうか》の暗闇《くらやみ》から、ブリジットがゆっくりと歩み出てきた。彼女の後ろには、シャルもいた。

シャルがブリジットとともに過ごしているのは承知だった。それでも目の前に実際見ると、いたたまれない。思わず視線をそらした。

ブリジットは食堂の明かりの下に出てくると、食卓をはさんでアンの反対に立った。

明かりの下に出ると、ブリジットの金髪《きんぱつ》はつやつやとしていて美しかった。

「冷水に一握り加える銀砂糖を、ペイジ工房派では最初の銀砂糖というの。その最初の銀砂糖を加えないと、どんなに長時間砂糖林檎を冷水に浸《ひた》しても、苦みは抜《ぬ》けない」

それは砂糖菓子職人《がし》ならば、誰《だれ》でも知っていることだ。砂糖林檎から苦みを抜くには、銀砂糖が不可欠。他《ほか》のもので代用することはできない。

「変化をもたらす銀砂糖よ。だから最初の銀砂糖には、変化をもたらすものって意味もある」

淡々《たんたん》と告げられ、アンは視線をあげた。言葉の意味を教えてくれたのは、親切からだろうかと思ったが、その表情に親しみは感じられなかった。

「そういう意味だって、知りませんでした。ありがとうございます」

礼を言ったが、ブリジットはそれには答えず勝手に続けた。

「けれど大昔、最初に銀砂糖を作った誰かは、そもそも、どうやって銀砂糖を作ったの？　最初の一握りの銀砂糖がなければ、銀砂糖は精製できない。でも最初には一握りの銀砂糖もなかったはず。でも銀砂糖は存在する。じゃあ、最初の一握りの銀砂糖は、あったはず。けど最初の一握りの銀砂糖も、銀砂糖がないと作れない」

アンは驚《おどろ》いた。

「そうか……。ほんとうに、そうよね……誰が？　ていうか、どうやって……？」

——銀砂糖は最初に誰が作ったの？　妖精が作ったって言われてるけど、妖精の誰が作ったの？　どうやって⁉

見慣れた風景の前に突然、未知の扉《とびら》が開いたようだった。

銀砂糖は、最初の一握りの銀砂糖がなければ精製できない。けれど最初の一握りの銀砂糖も、銀砂糖がないとこの世に出現しない。銀砂糖は一体どうやってこの世に現れたのか。

それはいいようもなく不可思議な事実だ。なにかの魔法《まほう》か、奇跡《きせき》か。人間が知らない、妖精の神秘の技法か。想像するだけで、心が躍《おど》った。

「だから最初の銀砂糖には、得体が知れないものって意味もある。あなたは、ただ物珍《ものめずら》しいから、期待されているだけよ。実力を買われたわけじゃない。そんな人に、なにができるの？」

最後のブリジットの言葉は、嫌味《いやみ》だろう。くどくどしくて攻撃《こうげき》力に欠けるので、嫌味としては不出来だ。だが嫌味には違いない。

けれどアンは、それどころではなかった。知らされた事実に興奮していた。

「気がつかなかった、今まで！」

「そうよ、だから」

「よく考えればわかったことなのに。わたし今まで、考えた事なかった。ブリジットさん、最初に銀砂糖を精製した人は、ほんとうにどうやって精製したの⁉」

問うと、ブリジットは一瞬《いっしゅん》、なにを問われたのかわからないようにきょとんとした。しかしすぐに、かっとしたように怒鳴《どな》った。

「わたしが知るわけないじゃない⁉」

彼女の怒声《どせい》で、はっとする。

——あ…………。怒《おこ》ってる。

当然だろう。馬鹿にされたと思ったに違いない。

「ご、ごめんなさい。つい」

あせって謝ると、ブリジットの背後で、シャルがくっくと笑いだした。

ブリジットは顔を赤くして、シャルをふり返った。

「笑わないで」

しかしシャルは、笑い続けた。そして笑いをこらえながら言った。

「嫌味一つ言い慣れてないらしいな。お嬢《じょう》さんだな」

ブリジットはさらに、耳まで赤くなった。それを見て、再びシャルは笑いだす。ブリジット
は真っ赤になりながらも、アンに向きなおった。

「これからわたしは、シャルと食事をするわ。二人で食べたいから、あなたは食堂から出て行って。あなたもよ、エリオット」

「そりゃ、横暴じゃない？　俺もまだ食べてないんだけど。それに職人でもない妖精《ようせい》を、この
食卓で食事させるわけ？」

エリオットが眉尻《まゆじり》をさげると、ブリジットは声を高くした。

「妖精でも、シャルはわたしがこの家の家族と認めているから問題ないわ！　ここはわたしの家よ！　だから、あなたたちが遠慮《えんりょ》するべきよ！」

これ以上ブリジットを不愉快《ふゆかい》にするのは、よくないかもしれなかった。彼女の怒《いか》りがアンに向かうならまだしも、シャルに向かってしまったら大変だ。

なにしろ今もシャルは、ブリジットの命令を無視して、笑い続けている。

「いいです。わたしたち、食事終わりましたから。行こう、ミスリル・リッド・ポッド」

アンが立ちあがると、エリオットもやれやれと言いたげに、コートを手に立ちあがった。台所に向かって、自分の食事を部屋に運んでくれるように頼《たの》むと、アンと共に食堂を出た。

食堂を出たところで、アンはちらりとふり返った。

シャルは勝手に椅子《いす》をひいて、悠然《ゆうぜん》と座っていた。まだ面白《おもしろ》そうに笑っている。

ブリジットはばつが悪そうな顔で、真っ赤になっていた。

ブリジットはシャルを、家族と職人しか食事できないと決められている食卓《しょくたく》で食事させている。家族として扱《あつか》っているのだ。そのことは嬉《うれ》しかった。

シャルと二人きりの食事は、ブリジットにとって楽しいのかもしれない。アンだって、シャルと食事するのは好きだった。けれどそれに、ミスリルがいればもっと楽しい。キャットの店で、キャットとベンジャミンも加わって、人間二人妖精三人で食事したこともある。それはもっともっと楽しかった。

アンと違《ちが》って、ブリジットはあれで満足なのだろうか。何人もの人が住んでいる家で、二人きりの食事で、寂《さび》しくないのだろうか。それが気がかりだった。

ブリジットの嫌味を、アンはてんで聞いていなかった。それよりも最初の銀砂糖の話に夢中になっていた。面白すぎて、笑いが止まらなかった。笑われて頬《ほお》を赤くしたブリジットも、愛嬌《あいきょう》があった。いつものとりすました顔よりも、よほど可愛《かわい》い。

「笑わないで」

真っ赤になったブリジットが再び言う。ようやく笑いがおさまったシャルは、テーブルに頬《ほお》杖《づえ》をついてブリジットを見あげた。まともに会話をする気が、はじめて起きた。

「食事くらい、一緒《いっしょ》にしろ。なぜそうやって意固地になる?」

「わたしは、あなたと二人きりで食事したいの」

「それにしては、寂しそうな顔だがな」

「寂しくなんかないわ!」

ブリジットは椅子に座ると、顔を背《そむ》けた。

アンが凹《へこ》まなかったのに、腹が立ったのか。シャルに笑われたのが、情けなかったのか。

ブリジットは食事のあと、あれこれと要求をした。慰《なぐさ》めて欲しいと、しきりに甘えるように訴《うった》えてきた。子供にするように抱《だ》きしめて、髪《かみ》をなで、望まれるままにふるまった。

ブリジットの要求は続いて、彼女が眠《ねむ》ったのは明け方だった。

人間の要求するあれこれには、慣れていた。今更《いまさら》どういうこともなかったが、さすがに疲《つか》れた。それでも窓の外が気になって、しばらく窓辺にいた。

ゆるい丘《おか》の向こう側の空が、薄紫《うすむらさき》に変わり始めている。夜明けが近い。

昨夜は、アンも作業棟に行かなかったらしい。そんな気配を感じなかった。

失望している自分に気がついて、苦笑《くしょう》する。どうしてこうも、気にかかるのか。彼女は同じ家にいて、ミスリルも一緒にいる。危険はないし、快適に過ごしている。それを知っているから、心配しているわけではない。

だがこうして離《はな》れていると、アンの顔が見たくてたまらない。近くに、あのふわふわとした感触《かんしょく》の体を感じたい。その欲求《よっきゅう》が強くなる。

母屋《おもや》の扉が開く音がした。そして夜明けの薄青《うすあお》い景色の中に、すっくと背筋を伸《の》ばして歩くアンの姿が見えた。きちんとドレスを着て髪も結《ゆ》って、作業棟に向かっている。

早起きをして、仕事をしようとしているに違いなかった。

背後のベッドをふり返った。ブリジットはよく眠っている。それを確認《かくにん》して、掃《は》きだし窓から外へ出て作業棟へ向かった。

薄闇《うすやみ》の作業棟の隅《すみ》で、アンはじっと立っていた。

彼女が見おろしているのは、作りかけの二つの砂糖菓子だ。保護のためにかけられていた布を取り払《はら》い、思案顔で砂糖菓子を睨《にら》んでいる。

「いくら眺《なが》めても、面白いことは起きないぞ」

出入り口から声をかけると、アンは小さく悲鳴をあげて飛びあがった。シャルの姿を認めると、ほっとしたように胸に手を当てる。

「びっくりした」

アンは考え事をしていると、周囲の物音や気配にてんで無頓着《むとんちゃく》になる。その結果、度々驚《おどろ》いては飛びあがっている。近づくと、アンは笑顔《えがお》になった。が、すぐに心配そうな顔をする。

「シャル。昨夜《ゆうべ》、大丈夫《だいじょうぶ》だった？　あんなに笑って、ブリジットさんに怒られたでしょ」

「たいしたことはない」

「ミスリル・リッド・ポッドが言ってたんだけど、シャルはわたしたちの想像もできないような、ものすごいことをいっぱいやらされてて、それが嫌《いや》でたまらないから、わたしが助けるのを、待っててくれる気になったんじゃないかって。そんなにつらいことが、ある？」

「ない。相手は普通《ふつう》の女だ。変質者じゃない。あいつのおかしな妄想《もうそう》を、真に受けるな」

答えると、次になぜかアンはわずかに頰を赤くして、もじもじと視線をそらした。

「それなら、あの……。ブリジットさんとは、その……仲良くしてるの？」

「仲良くはないが、それなりのことはしてる」

それを聞くと、アンはびっくりしたようにシャルを見あげた。

「それなり!?　それなりって、どんななり!?」

「教えてやろうか？　実際に」

「い、いい！　遠慮する！　なにかわからないけど、嫌な予感がする！　教えないで！」

キスの経験すらないお子様は、軽い冗談《じょうだん》も必死で拒否《きょひ》した。そして恥《は》ずかしそうにしながらも、もう一度確認した。

「でも。その。それって、つらいことじゃないのよね？」

「ない」

きっぱり言うと、ようやくアンは安心したようだった。

「シャルがつらくないなら、よかった。仕事、頑張《がんば》るから。待ってて」

告げた彼女の言葉は、白い息になって薄闇の中に散る。白い息は、彼女の生命力そのもののようだ。ふと、思う。もしその白い息を奪《うば》うように口づけしたら、アンは驚いて逃《に》げ出すか、泣きだすかもしれない。

「シャル？　どうしたの」

ぼんやり、彼女を見つめていたらしい。呼ばれて、はっとした。わずかにあせる。

——なにを考えている!?　かかし相手に!?

命令や計算ずくでする以外で、そんなことをすると考えた事は、今まで一度も、誰《だれ》に対してもなかった。

内心の動揺《どうよう》を隠《かく》して、砂糖菓子《がし》に目を移した。

「なんでもない。それより、これになにかあるのか？」

訊《き》くとアンも再び砂糖菓子に向きなおり、難しい顔をした。

「これ、すごくいい作りだと思わない？　ここの職人さん、少なくともオーランドとキングは、ものすごく腕《うで》がいい。こんなにいいものを作るのに、注文が少ない。どうしてなんだろう。職人は作りたいものを作っているし、理想的に思えるのに。なんでこの工房《こうぼう》が、こんなに廃《すた》れてるのかな。それがなんだか、悔《くや》しい。なんとかしたいし、ここの職人の腕ならなんとかできると思うし」

シャルを助けるために、アンはここで働くことを決めたはずだ。けれど仕事を与《あた》えられると、それに夢中になりだしている。ほんとうに、ペイジ工房派の職人のような口ぶりだ。根っからの職人なのだろう。目の前の仕事に意識を奪われてしまう。

そんなアンを馬鹿《ばか》だとは思うが、同時にほっとする。

アンはどんな状況《じょうきょう》でも、変わることなくアンでいてくれる。

「シャル!!」

突然《とつぜん》、悲鳴のような声が聞こえた。

アンもシャルも、同時に出入り口をふり返った。明けきらない薄闇を背に、ブリジットが寝《ね》間着《まき》姿で立っていた。両手で口を覆《おお》い、目を見開いている。傷ついたような表情だった。

「会わないでって、お願いしたのに」

震《ふる》える声で呟《つぶや》いた。

──見つかったな。

冷静に、そう思っただけだった。恐《おそ》れも罪悪感もなかった。アンのほうが顔色をなくした。

庇《かば》うように、自然に半歩アンの前に出る。静かに答えた。

「勘違《かんちが》いするな。おまえは、お願いしたわけじゃない。命令をした。俺は、その命令に従う気はない。罰《ばつ》すればいい」

「わたしの気持ちを、考えてくれないの?」

涙声《なみだごえ》で、ブリジットは言った。

「おまえは使役者《しえきしゃ》だ。おまえが使役者であれば、俺の気持ちを考える必要はない。同様に、俺は使役者のおまえの気持ちを、考える必要がない」

「誰も、一人も。わたしの気持ちなんて、考えてくれないのね！　いいわ、わかった！　あなたを罰する！　今すぐあなたに罰を与える！」

ブリジットが、母屋へ向かって駆《か》けだした。

「待って、やめて！　ブリジットさん、やめて！」

アンがそれを追って、駆けだす。

「必要ない！　行くな！」

怒鳴《どな》ると、アンはふり返って強く首をふった。

「やめてもらう！　罰するなんて、してもらいたくない！」

アンは作業棟を走り出た。

「おせっかいめ」

苦々しかったが、シャルもそれを追った。

ブリジットは玄関《げんかん》のステップを駆けあがり、テラスをまわって自分の部屋に飛びこんだ。アンに追いついたシャルは、アンと共に、ブリジットの部屋に入った。

ブリジットは、寝室《しんしつ》と続き部屋になっている居間にいた。小さな暖炉《だんろ》があったが、その前に屈《かが》みこんでいた。火が消えた暖炉の奥へ、手を突《つ》っこんでいる。

夜が明けかけていた。掃きだし窓《まど》から、薄明《うすあか》るい空が見える。

部屋の中も薄明るくなっていた。暖炉の奥の壁面《へきめん》に、顔の大きさほどの穴が開いているのがわかった。そこの部分にはめこまれていた煉瓦《れんが》が、ブリジットの膝《ひざ》の前に積んである。

その穴に、ブリジットはシャルの羽を隠したのだろう。

アンはブリジットに駆け寄り、彼女の後ろに膝をついて懇願《こんがん》した。

「お願い、ブリジットさん。やめて!」

「あっちへ行って!」

ブリジットはアンの肩《かた》を突き飛ばした。アンはバランスを崩《くず》し、床《ゆか》に手をついた。ブリジットは開いた穴に、躊躇《ためら》わずに両手を入れた。目を見開く。

「ない!?」

ブリジットは何度も穴を探《さぐ》った。

「ない、ない!? どうして、なんで!? わたししか、知らない場所なのに」

アンが、シャルをふり返った。もの問いたげなその視線に、首をふって答えた。

ブリジットがそこにシャルの羽を隠したことを、シャルも知らなかったのだ。

穴から手を出すと、ブリジットはぺたりとその場に座りこんだ。

「……どうして……」

項垂《うなだ》れると両手で顔を覆い、小さな声で泣きだした。

——なくなっているのか？

羽は妖精《ようせい》にとって生命力の源だ。それが傷つき引き裂《さ》かれれば、命がない。その所在がわからないとなると、自分の命が危険にさらされているかどうかすらわからない。妖精の本能が、不安や不気味さを訴《うった》えかけてくる。

アンは立ちあがると、シャルのそばにやってきた。顔色が悪い。心配でたまらないのだろう。

「シャルの羽が……ないの？」

「そのようだな」

眉《まゆ》をひそめるしかなかった。

三人とも、動けないでいた。みるみる空は明るくなり、朝陽《あさひ》が部屋に射《さ》しこむ。

しばらくして、扉《とびら》がノックされた。

「ブリジット。そこに、アンがいるな？」

静かな声は、母屋《おもや》に住む職人オーランドだろう。

名を呼ばれ、アンははっとしたように扉の方を見た。扉が開いた。オーランドは室内の状況をざっと見回したが、なんの感慨《かんがい》もなさそうにアンに視線を向けた。

「今、ミルクの配達人からことづけがあった。もうすぐ、ラドクリフ工房派の長《おさ》と、キース・

パウエルがここに来る」

◈

「どうしてラドクリフさんとキースが？」

アンが問い返すと、オーランドは淡々《たんたん》と告げた。

「グレンさんの病気見舞《みま》い。あんたも応対しなくちゃいけないから、知らせた」

それだけ言うと、オーランドは背を向けた。アンはあせって、オーランドの腕を摑《つか》んだ。

「待って。ちょっと、それどころじゃないんだけど。この状況、見えてるでしょう⁉」

「あんたがブリジットの部屋にいて、ブリジットが泣いてる。それが？」

オーランドは迷惑《めいわく》そうに、腕をふりほどいた。その冷たい反応が、信じられなかった。

「シャルの羽がなくなってるの。それでブリジットさんは、泣いてるの！　オーランド、とにかくブリジットさんだけでも、落ち着かせてあげて。温めたワインでも飲ませてあげて。それからシャルの羽を探さないと」

と、その時だった。

「大丈夫《だいじょうぶ》だよー、アン。シャルの羽は探す必要ないから」

食堂の方から、エリオットがぶらぶらとやってきた。

「やるねぇ、アン。夜明け前から大騒動《おおそうどう》だ。君らの声、家中に聞こえてたよ」

オーランドの隣《となり》に立つと、部屋の中をひょいと覗《のぞ》きこんだ。

「あららら、泣いてる。俺が慰《なぐさ》めてあげようかなぁ。それとも、シャルにお願いしようか」

「コリンズさん。シャルの羽を探す必要がないって、どういうことですか？」

詰《つ》め寄ると、エリオットはおどけて両手を軽く挙げた。

「怖《こわ》い顔するなよ、大丈夫だって。シャルの羽はグレンさんが持ってる」

その言葉に、シャルが訝《いぶか》しげな表情になる。

泣いていたブリジットも、びっくりしたように顔をあげた。

「どうしてお父様が!? この隠《かく》し場所……誰《だれ》も知らないはずなのに」

「さあねぇ、不思議だけど。ブリジットたちが大騒動を繰《く》り広げるちょい前くらいに、ラドクリフの連中が来るって知らせを受けたから、俺とオーランドでグレンさんを起こしに行ったんだ。そしたらさ、グレンさんの枕元《まくらもと》に、妖精の羽が置いてあったわけ」

「返して！　いますぐ、返して！」

いきなりブリジットは立ちあがり、こちらに駆けてきた。アンを押しのけると、エリオットのシャツを摑んで揺《ゆ》すぶった。

「ブリジット」

静かな声が、エリオットの背後から聞こえた。エリオットとオーランドがぎょっとしたようにふり返った。

「グレンさん!? 起きてはだめだ」

オーランドがすぐさま、よろけそうになったグレンを支えた。

「お父様」

顔色の悪い父親を見て、ブリジットはエリオットから手を離《はな》し、数歩後ずさった。グレンはオーランドに支えられたまま、それでも強い眼差《まなざ》しで娘《むすめ》を見すえた。

「誰かが、彼の羽をわたしの枕元に置いていった。羽は、わたしが預かっている」

「誰が？　でも、ありえない。あの場所は、わたししか知らないのに」

「誰でもいい。わたしも知らない。しかしいい機会だ。これからは、わたしがあの羽を預かる。羽を置いていった人物も、そうすることを望んでだろう」

「どうして⁉　お父様は、結婚《けっこん》するまではいいと言ったじゃない！」

「おまえのやりかたは、目に余る。妖精にも、それなりの扱《あつか》いというものがある。部屋に閉じこめて、自分以外の者と接触《せっしょく》させないのはやりすぎだ。しかもおまえはそうして、妖精とばかり過ごしている。まるで妖精にとりつかれているようだ」

息が苦しいらしく、グレンの声は大きくなかった。しかし言葉にこめられた怒《いか》りは、怒鳴りつけられるよりも重かった。

ブリジットは蒼白《そうはく》な顔色で、立ちつくしていた。グレンは諭《さと》すように言った。

「ブリジット。冷静になれ。おまえは、誰の娘だ」

その言葉に、アンは胸が痛くなった。

――グレンさんは、正しい。でも、酷《こく》だ。

ブリジットのやりかたには、理解を示せない。だからといって、こんな形で彼女からシャルの羽を取りあげるのもひどい。どんなに不器用な形にしろ、彼女はシャルに恋《こい》している。その気持ちを、抉《えぐ》りとるようなものだ。

ブリジットの顔が歪《ゆが》んだ。

「知らない……誰の娘かだなんて、わたしは、知らない！　知らない!!」

叫《さけ》ぶと、耳をふさぐようにして寝室《しんしつ》へ駆《か》けこんでいった。

グレンは疲《つか》れたように溜息《ためいき》をつくと、恨《うら》めしそうにシャルを見やった。

「おまえに罪はないとわかっていても、苦々しいな。その容貌《ようぼう》が人を惑《まど》わす」

シャルはふっと、冷めた笑いを口もとに浮《う》かべた。

身勝手なことを言う人間を軽蔑《けいべつ》する表情は冷酷《れいこく》そうで、だからこそ惹《ひ》きつけられるような艶《つや》やかさがあった。黒い瞳《ひとみ》は底が知れないほどに、鋭《するど》く暗い。

「今度は、おまえが俺の主人か？」

「そうだ。だから命じる。節度を持ってブリジットと接しろ。ブリジットの要求に、全てこたえる必要はない。しかし傷つけるような真似《まね》もするな。その他《ほか》は、自由にしていい。寝起《ねお》きも、アンの部屋でしろ。妖精としての能力が必要なときは、仕事をしてもらう」

そう言ってからグレンは、アンに視線を向けた。

「アン。ラドクリフさんが来る。君は職人頭だ。エリオットと一緒《いっしょ》に、応対に出てもらう」

「それはわかりました。でも、グレンさん。シャルは……」

「彼のことは、わたしがそう決めた。わかるな？　わたしが決めた」

威圧《いあつ》するように言われた。長の命令に逆らうなと、暗に告げている。

──みんな、シャルをものみたいに扱う。羽を取りあげて、人から人に、渡《わた》して。

誰も命を弄《もてあそ》んでいるとは考えないのだろうか。どうやったら、わかってもらえるのだろうか。

シャルの瞳に見える冷たい怒りは、当然だと。

グレンは苦い笑いを浮かべた。

「君はまさに最初の銀砂糖だなアン。いろいろなことを……引き起こす」

言い終わると同時に、グレンの体が傾《かし》いだ。オーランドが支える反対側の肩《かた》を、エリオットがあわてて支えた。

四章　再び、挑むとき

シャルがアンの部屋に入った途端《とたん》、ミスリル・リッド・ポッドはベッドの上で、ごしごしと何度も自分の目をこすった。そして幻《まぼろし》ではないとわかると、湖水色の瞳がうるみ、どっと両目から涙《なみだ》を流した。そしていきなり、ベッドから飛び出し跳躍《ちょうやく》した。シャルの首に抱《だ》きつく。

「シャル・フェン・シャル――っ!!」

おいおい泣くミスリルの襟首《えりくび》を摑んで、シャルは自分から引きはがした。

「やめろ。うっとうしい」

「なんでここにいるんだ!?　羽、取り戻《もど》したのか!?」

シャルにつままれ、えぐえぐと泣くミスリルに、アンは明け方からの顚末《てんまつ》を簡単に説明した。するとさらに、ミスリルはどっと涙を流した。

「とりあえず自由に出歩けるんだな!?　今までつらかったろう、シャル・フェン・シャル！　あの女に、どんなひどいことされた!?　あんなことやこんなことや、そんなことや!?」

迷惑そうに、シャルは眉《まゆ》をひそめた。

「おまえのおかしな妄想《もうそう》は、なんとかしろ」

シャルの手に、羽が戻ってきたわけではなかった。それでもこうやってまたシャルがそばにいてくれることが、嬉《うれ》しかった。うっとうしがられてもシャルに抱きつこうとするミスリルを見て、久しぶりに自然に笑えた。

「でも、誰がシャル・フェン・シャルの羽をあの女のところから盗《ぬす》んで、わざわざ長《おさ》のところに持っていったんだ？」

ようやく落ち着いたミスリルは、珍《めずら》しくシャルの肩に座り、まだべたべたと彼の髪《かみ》の毛や頬《ほお》を触《さわ》っていた。シャルはハエでも追い払《はら》うように、うるさそうに手で払いのけている。

ミスリルの疑問は当然で、アンも不思議でならなかった。

「誰なんだろうね。ブリジットさんは、あの場所は誰も知らないって言ってたのに」

「どうでもいい。誰が持っていようが、人間が持っていることには変わりない」

シャルは冷たく言い切った。

彼の表情を見ると、いたたまれない。自分は妖精《ようせい》を友だちと思っていても、他の人は違《ちが》う。他の人には他の人なりの意見や主義があって、アンの考えを押しつけることができない。それでもどうしても、他の人にもわかってほしいと思ってしまう。

シャルは窓枠《まどわく》に腰《こし》かけ外に視線を向けていたが、その表情がわずかに動いた。いやそうに、眉間《みけん》に皺《しわ》が寄る。

「来たか。あいつが」

「誰？」

シャルの横に行き、窓の外を見る。丘《おか》の裾野《すその》からミルズフィールドへ続く道の上に、一頭立ての小さな馬車が見えた。二人の男が乗っている。ラドクリフ工房《こうぼう》派長《おさ》のマーカス・ラドクリフとキースに違いなかった。

「あっ！　わたし、下におりて準備しなくちゃ。キースが来た！」

笑顔《えがお》で、シャルの顔を見る。が、シャルはまったく嬉しそうじゃなかった。

「シャル？　キースが来るのよ？　嬉しくない？　会いたいでしょ」

「馬鹿《ばか》か。あの坊《ぼう》やが来て、なぜ俺が嬉しがる？　会う必要はない」

素《そ》っ気なく言うと、顔を背《そむ》ける。

「そうなの？　じゃ、ミスリル・リッド・ポッドは？」

「アンが世話になったからな、帰り際《ぎわ》に挨拶《あいさつ》してやる。でも今は、とにかくシャル・フェン・シャルとよもやま話をしなくちゃな！　で、どんなすごいことをされた？　ていうか、したんだ？　後学のために聞かせろ」

「その妄想はやめろ」

妖精たちの反応の悪さにがっかりしながらも、アンは一階のグレンの部屋に行った。

先刻、グレンは発作《ほっさ》を起こしかけていた。だがたいしたことはなかったらしく、今は落ち着いて、会話もできるようになっていた。

グレンとエリオットとアンは、これからマーカス・ラドクリフとキースの応対をしなくてはならない。相手は派閥《はばつ》の長だ。派閥の長代理であるエリオットと、職人頭のアンが迎《むか》えなければ礼儀《れいぎ》に反する。

マーカスとキースは、昨夕、日が落ちるぎりぎりの時間にミルズフィールドに到着《とうちゃく》したらしい。宿を探すのに手間取り、宿に落ち着いた頃《ころ》には、他家を訪問するには失礼な時間になっていたという。そこで今朝、ミルズフィールドの市街地からミルクを配達する少年に手紙をことづけ、今日の朝、訪問すると知らせてきた。

「もう丘の下あたりまで来てらっしゃいますよ」

アンが知らせると、ベッドに横になったグレンは天井《てんじょう》を見あげ嘆息《たんそく》する。

「見舞《みま》いか。わたしが危ないという噂《うわさ》が、広まっているのだろうね」

エリオットはいつもの軽い調子で、答えた。

「アンがこちらに来たから、偵察《ていさつ》じゃないですか？　うちがなにを考えて、なにをしようとしているかってねー。あとは、パウエルの顔見せと」

「エドワードの息子《むすこ》か」

懐《なつ》かしむように、グレンは呟《つぶや》いた。キースの父親の前銀砂糖子爵《ししゃく》のエドワード・パウエルは、ペイジ工房派の出身だ。グレンとエドワードは、一緒に修行《しゅぎょう》時代を過ごしているはずだ。

「おっと、来ましたね」

外の物音を耳にして、エリオットが片眉をあげた。程《ほど》なくダナに案内されて、マーカスとキースが部屋に入ってきた。二人とも旅装束の、裾《すそ》の長い外套《がいとう》と帽子《ぼうし》を手にしていた。

マーカスはエリオットとアンに、黙礼《もくれい》した。キースも同様に黙礼したが、アンに対してだけ、わずかに笑みを見せてくれる。アンも笑顔を返した。

「邪魔《じゃま》をするぞ。ペイジ」

グレンが横になっている姿を目にして、マーカスのいかめしい顔がさらに険しくなる。

「お久しぶりです。ラドクリフさん。ご無礼をお許しください。今朝発作を起こしかけて、どうにも、起きあがれないので」

「いや、かまわん。気にするな……。まあ……噂よりは、元気そうだ」

グレンの弱っている様子に、マーカスはいささか驚《おどろ》いたらしい。気遣《きづか》うように、下手《へた》な慰《なぐさ》めを口にする。グレンは苦笑《くしょう》した。

「ありがとうございます。今日は、見舞いに来てくれたんですか？」

「まあ、それと。いろいろとな。こちらに新しい銀砂糖師が入ったと聞いたからな。ペイジ工房が、自分の工房でたたきあげた職人以外を雇《やと》うのは珍しいからな」

そう言ってマーカスは、ちらりとアンを見た。

「この時期に新しい職人を入れたということは、今年、新聖祭の選品に参加するのか？」

——新聖祭の選品？

新聖祭とは、新年を祝う国教会の祭りだ。大晦日《おおみそか》、新しい年に新しい幸運が王国に訪《おとず》れることを祈《いの》るために、王国全土の国教会の教会で一斉《いっせい》に祈禱《きとう》がおこなわれる。聖ルイストンベル教会に国王自身が足を運ぶ、唯一《ゆいいつ》の祝祭でもある。国を挙げての祝祭だ。

「まさか、父が拒否《きょひ》したものを」

グレンは軽くながした。その答えに、マーカスは安心したように頷《うなず》いた。

「まあ、そうだろうとは思ったが。あと、パウエルの息子を連れてきた」

紹介《しょうかい》され、キースはベッドの脇《わき》に立った。すこし緊張《きんちょう》している様子だった。

「キース・パウエルです」

「いい職人になったそうだね。噂は聞いてる」

「僕は……すみません」

キースは申し訳なさそうに頭をさげ、なぜか謝った。

「いいよ。気にすることはない。君の自由だ」

なんのこだわりもなさそうに返事をすると、グレンはアンに視線を移した。

「これからはラドクリフさんと、わたしとエリオットで、すこし話をする。アン。キースを客間に連れて行って、お茶でもだしてあげなさい」

軽く膝《ひざ》を折り、アンはキースを連れて部屋を出た。グレンの部屋を離《はな》れ、客間に移動した。

客間に入るなり、アンはほっと息をついて立ち止まり、後ろから無言でついてくるキースをふり返った。

「キース！　驚いた。突然《とつぜん》来るって知らせがあって」

するとかしこまっていたキースも、いつもどおりのやわらかな微笑《ほほえ》みを見せた。

「僕が決めたわけじゃないよ。マーカスさんが、突然行くって言いだしたからね。でも君のこと気になってたから、ついてきた。なにか困ってない？　シャルのことも大丈夫《だいじょうぶ》？」

「いろいろあったけど大丈夫。そっちはどう？　キャットとか、あとジョナスは帰ってき

「銀砂糖の精製作業が終わったから、ヒングリーさんは自分の店に帰ったよ。ジョナスは、どうも故郷に戻ってないみたいで。まだ連絡《れんらく》が取れていないらしいけど」

「そうなんだ……」

ジョナスのために、今のアンができることはなかった。ただ彼に幸運が訪れるように祈るしかないのかもしれない。

「それはそうと、どうしてマーカスさんは急にミルズフィールドに来たの？」

「君がペイジ工房に行ったからさ。新聖祭の選品に、ペイジ工房派が参加するんじゃないかって心配になったらしいよ。あの人らしい心配だけど」

「新聖祭の選品？　それなに？」

キースは意外そうな顔をした。

「知らないの？」

「うん。あ、と。その前にお茶を」

台所に行きかけるアンの手を、キースは軽く握《にぎ》ってひきとめた。

「いいよ。宿屋の朝食の量が多くて、お腹《なか》いっぱいなんだ。それよりも、せっかくストランド地方に来てるんだから、外を散歩したいよ。お見舞いがすんだらすぐ、ルイストンへ向けて出発しなくちゃならないし」

こういうところは、さすがに元貴族だ。ストランド地方に来たから散歩をしたいなんて、庶《しょ》民《みん》の口からは出ない言葉だ。ストランド地方といえば空気と景色を楽しみに来る場所という意識は、貴族のものだ。

アンも、家の中よりは外のほうが好きだ。アンの場合は生まれてからずっと続けていた放浪《ほうろう》生活のせいで、家というものに馴染《なじ》みがないのが原因だ。

二人して外に出ると、丘《おか》の裾野にある小さな湖のほうへ向かって歩いた。湖へは細い砂利《じゃり》道がのびていて、二人がぎりぎり並んで歩ける。肩《かた》が触《ふ》れあうほどだったが、前後に並んで歩くのも妙《みょう》だったので、横に並んで歩いた。彼らの左右で、枯《か》れて乾燥《かんそう》した草葉が鳴る。

「アンは新聖祭の選品を知らないんだね。新年をルイストンで過ごしたことないの？」

丘の上から、風が吹《ふ》きおりてくる。

肌寒《はだざむ》さにアンが腕《うで》をさする。するとキースは手にした自分のコートを、なにも言わずにアンの肩にかけてくれた。礼を言うと、どういたしましてとさらりと返事が返ってくる。

なにげないいたわりは、キースのもともとの性質らしい。彼のいたわりを感じるとほっとするのは、彼に気負いもこだわりもないからだろう。

「去年ははじめて、新年をルイストンで過ごしたけど」

「聖ルイストンベル教会の新聖祭は、見物に行った？」

「ううん。聖堂の周囲がすごい人だかりで、くたびれてやめちゃった。宿屋の女将《おかみ》さんに訊《き》いたら、新聖祭には聖堂の中に、すごくすてきな砂糖菓子《がし》が並べられるから、みんなそれを見たくて、聖堂に行くんですって。それを聞いて後悔《こうかい》してもう一回見に行ったけど、もう聖堂の扉《とびら》が閉められちゃっててだめだったの」

「あの砂糖菓子は、すごいよ。大きな祭壇《さいだん》と、その周辺を埋《う》めるように並べられるから。ちょっとした見ものだ。三つの砂糖菓子派閥《はばつ》の本工房《ほんこうぼう》のどれかが、砂糖菓子の制作を請《う》け負《お》うことになってる。その砂糖菓子を作る工房を決定するために、各工房が見本を作って聖ルイストンベル教会の教父たちに見せるんだ。そして教父たちが気に入った工房を、その年の新聖祭の砂糖菓子を作る工房として指定する。それを選品というんだ」

「それって、名誉《めいよ》なことよね」

「それだけじゃない。新聖祭の作品を無事に納品できれば、国教会から一万クレス近いお金が、工房に支払《しはら》われる」

「一万クレス!?　桁違《けたちが》いね」

ペイジ工房が抱《かか》えている借金が、ちゃらにできるほどの額だ。さすがは国教の総本山だ。

「その上、その年の工房に選ばれたら、その派閥の砂糖菓子は庶民には人気が出る。派閥全体の売りあげも伸《の》びるから、配下の工房からも期待される。だからマーカスさんは、かなり気にしてる。僕も選品の作品づくりに関《かか》わるから、気にはなるよ。ここしばらく、ラドクリフ工房は選品で選ばれてないし。銀砂糖子爵のヒュー・マーキュリーさんがマーキュリー工房派の長《おさ》になった五年前から、選品ではマーキュリー工房派が選ばれ続けてる。マーキュリー工房派の人気が高くなって最大派閥に成長したのは、五年連続の選品が大きく影響《えいきょう》してるんだ」

アンは首を傾《かし》げた。

「でもグレンさんは、そんなに恩恵《おんけい》のある選品に参加しないって。どうして?」

「ペイジ工房は、先代の長の時代から選品に参加するのを止めたよ。理由は、しらないけど」

その時、湖のほうから声が聞こえてきた。

「こぼれる、こぼれるよ。しっかりしてよ、ヴァレンタイン」

「君が上に持ちあげすぎなんですよ! もっとさげて、地面ぎりぎりでいいじゃないですか。なんでそう、腕力《わんりょく》の無駄遣《むだづか》いをするんです⁉」

「俺より六つも年上のくせに、軟弱《なんじゃく》なこと言うなって。男は腕力だろう?」

「君は木こりにでもなるつもりですか⁉」

見ると、冷水を一杯《いっぱい》にくんだ樽《たる》を、ナディールとヴァレンタインが運んでいる。

湖の近くに井戸《いど》があり、そこに澄《す》んだ冷たい水がわく。砂糖菓子を作るときの水は、いつもそこから運んでいるのだ。二人は喚《わめ》きあいながらも、アンとキースに近づいてきた。しかし二人に気がつくと、同時にぴたりと口をつぐんで立ち止まった。

「あ、と……。失礼しました。お客様?」

ナディールが物珍《ものめずら》しそうにキースを見ているだけなので、ヴァレンタインは頰《ほお》を赤くしながらも、ナディールの分まで恐縮《きょうしゅく》したようにお辞儀《じぎ》をした。そしてナディールに、小声で呼びかける。

「こら、こら。ナディール。挨拶《あいさつ》を。挨拶」

言われて、ナディールはにこっと笑った。

「あんた、アンの彼氏？」

「ち、ちがうっ!! 勘違《かんちが》いも甚《はなは》だしいわよ！　キースに悪い」

あせるアンの背後で、キースはくすっと笑った。

「僕は別にかまわないよ」

「こらこらこら！　ナディール！」

いきなりの発言に、ヴァレンタインがナディールの耳を引っぱる。

「いてて。じゃ、あんた何者？」

キースは苦笑いしながら、答えた。

「アンの友だち。僕はラドクリフ工房派の本工房に所属してる職人で、キース・パウエルだよ」

その名前を聞いた途端《とたん》に、ヴァレンタインの表情がすっと消えた。

ナディールは、あっと声をあげた。

「あんたがパウエル！　ふうん。そっか」

ナディールは興味深そうに、さらにしげしげとキースを眺《なが》めていた。一方のヴァレンタインはキースから視線をそらして、樽を持ち直した。

「パウエルさん。どうぞごゆっくり。じゃあ……失礼します。ナディール。行きましょう」

ヴァレンタインに促《うなが》されると、ナディールも歩き出した。アンとキースが道を空けると、二人はぺこりと頭をさげて、道をのぼっていった。

「なんだか、変な感じね」

二人の背中を見送りながらアンが呟《つぶや》くと、キースはすこし残念そうに言った。

「しかたないよ。彼らにとって僕は、裏切り者だ」

「裏切り者って、どういうこと？」

「アン。ペイジ工房派の本工房、ちょっと他《ほか》の工房より活気がないの気がついてるよね」

「ちょっとどころか。風前の灯火《ともしび》っていうか」

強い風が吹いた。森から激しい葉擦《はず》れの音がした。黄や赤に色づいた葉が風に煽《あお》られ、一斉《いっせい》に空に向かって舞《ま》いあがる。

それを見送るようにして、キースは視線を遠くに向けた。

「父がペイジ工房で修行《しゅぎょう》していた頃《ころ》から、職人は少なくなっていた。工房に対する庶民の人気も、落ちていた。けれどそれでも工房に注文があって、職人になりたいと見習いが集まっていたのは、父が銀砂糖子爵《ししゃく》になったかららしいよ。現銀砂糖子爵が出た工房だってことでね。けれど父が亡《な》くなって、僕はラドクリフ工房に入った。そのとき世間では、パウエルはペイジ工房派を見限った、みたいな噂《うわさ》が流れた。それでここに所属していた見習いと、職人たちは動揺《どうよう》して。ラドクリフ工房派やマーキュリー工房派に一斉に移ったんだ」

あまりにも少なすぎる職人の数と、見習いすらいないのはそういういきさつがあったのだ。

傾《かたむ》いていた工房に、最後のとどめを刺《さ》す結果になったのが、キースの決断なのだろう。

キースの、紫《むらさき》に見える深い青の瞳《ひとみ》は空を映していた。

「でも僕は、ペイジ工房派を見限ったわけじゃない。ただ、父の影響を受けるのがもう嫌《いや》だったただけだ。だから父が修行した工房に、父の足跡《あしあと》を辿《たど》るようにはいるのに抵抗《ていこう》があっただけなんだ。父が在任中は、我慢《がまん》した。けれど。父が死んでからも、エドワード・パウエルの息子《むすこ》と呼ばれるのは嫌だった。僕はキースだ。パウエルの息子じゃない。僕にも、名前がある」

穏《おだ》やかに言葉を紡《つむ》いでいるが、キースはわずかに眉根《まゆね》を寄せていた。苦しそうだった。

「この工房がこうなったのは、キースのせいじゃない。グレンさんだって、いいって言ったじゃない。あれ、そういうことでしょう？　グレンさんがそう思ってるなら、工房の職人たちだってそう思ってる。頭ではちゃんとわかってる。ただ、気持ちがついていかないだけよ。見捨てられたみたいな気分が、あるかもしれない。でも気分が落ち着いたら、なんのわだかまりもなくなるわよ。きっと」

アンが言うと、キースはいつものようにやわらかく微笑《ほほえ》んだ。

「ありがとう、アン」

もしペイジ工房を立てなおすことができれば、キースの自責の念もやわらぐかもしれない。

ペイジ工房の職人たちの中にあるわだかまりも、消えてくれるかもしれない。

そうすれば助けられてばかりいるキースに、すこしでも恩返しができるかもしれない。

——この工房を立てなおさなきゃ。でも、……どうすればいいのかな？

色の薄《うす》い秋の空を見あげた。刷毛《はけ》でひとなでしたような雲が、北から南に広がっている。

「キース！」

母屋《おもや》の方から、マーカスが呼ぶ声がした。

「もう、帰るのかな？　選品の準備が整ってないから、マーカスさんあせってるのかな。まあ、しかたないよね。選品まであと半月だから」

散歩が中断されるのが、キースは残念そうだった。

アンはキースが口にした単語に、はっとした。

「選品。……そうだ」

「え、なに？」

「選品で選ばれた工房は、庶民《しょみん》に人気が出るのよね!?　しかも新聖祭の作品を納品すれば一万クレス近いお金が入るって！」

「そうだけど」

「そうよ！　それなら、きっかけになる！　ありがとう、キース！」

思わずキースの手を両手で握《にぎ》ると、キースはきょとんとした後に、笑った。

「なにがありがとうか分からないけど。とりあえず、どういたしまして」


ようやく、やるべきことが見えた気がした。マーカスとキースが帰ると、アンはすぐにグレンの部屋に向かった。部屋にはまだ、エリオットがいた。

「グレンさん。お願いがあります」

改まって告げると、グレンは不思議そうな顔をした。

「なんだね」

「今年の神聖祭の選品に、ペイジ工房《こうぼう》も参加したいんです」

「それはだめだ。ペイジ工房は、参加しない」

即座《そくざ》に、グレンは拒否《きょひ》した。

「どうしてですか!? 工房を立てなおすきっかけになるはずです」

「参加はしない。先代がそう決めた」

「なんでそんなこと決めたんですか？ ほかの二つの派閥《はばつ》はちゃんと参加してるのに」

「もともと新聖祭の砂糖菓子《がし》は、ミルズランド王家が王国を統一してからずっと、ペイジ工房派が作ることになっていたものなんだよ」

「そうなんですか？ え、でも。選品が」

「そんなものはなかった。だが先代国王エドモンド一世が、三つの派閥から選ぶと、方針を変えてしまった。王国統一前からミルズランド家に仕えたペイジ工房派を、軽《かろ》んじる行為《こうい》だ。しかも選品が始まってから、ペイジ工房派は一度も選ばれなくなった。屈辱《くつじょく》にたえられなくなり、先代の長《おさ》、わたしの父は選品への参加をやめた。ペイジ工房派を軽んじる王家と国教会への、父なりの抵抗だ。それをわたしが、変えるわけにはいかない」

「選ばれなくなった？」

今、ペイジ工房に所属している職人たちの腕《うで》を見る限り、この工房の技術が他の工房にひけを取っているとは思えない。それどころか、オーランドやキングの技量はかなりのものだ。たった五人の職人しかいなくなった工房の中で、銀砂糖師が一人、かなりの技量を持つ職人が二人いる。ペイジ工房の職人の質が高い証拠《しょうこ》だ。

　そんな工房が作る砂糖菓子が、なぜ選品で、一度も選ばれなかったのか。

　そもそもなぜ、国王は選品という制度を導入したのか。

　良いものを求める気持ちは、国王も国教会も強い。なによりも幸運を欲しがっているのは、彼らだ。ということは、よりよいものを求めた結果、選品の制度を導入し、そしてペイジ工房派が選ばれなくなったのだ。

「理由があるんです、たぶん。ペイジ工房には、なにかが必要なんです。国王や国教会や、庶民に選ばれるための。それがわからないと、立てなおしはできないです。だからそれを探すためにも、選品に参加することは必要だと思うんです」

「父の方針を、わたしが変えるわけにはいかない。それは三百年の伝統を変えるわけにはいかないのと同様。先代から受け継《つ》いだものは、変えるわけにはいかない。それが伝統を守り続けるために、守らなくてはならないルールだ」

「でも。先代が間違《まちが》った決断をしていたら、どうするんですか？　百年前の長や二百年前の長が、間違った決断をしていたらどうするんですか？」

「間違い？　歴代の長たちの決断を間違いと？」

　グレンは不快そうに問い返した。

「失礼だね、アン」

「だって二百年前の長も百年前の長も、先代の長も、人間でしょう？　間違《まちが》えることだってあるんじゃないですか？　間違うのは、別に恥《は》ずかしいことじゃないです。間違えたってわかれば、なおせばいいんだから」

「気がついているかい、アン。それは我々の工房に対する侮辱《ぶじょく》だよ。我々が間違いを続けていると言ってるんだよ。我々の伝統が間違いだと」

——我々の工房？　侮辱？

言葉は穏やかだったが、グレンはあきらかに怒《おこ》っていた。

けれどアンも、グレンの言葉に怒《いか》りがこみあげる。

「でもグレンさんも、今、わたしを侮辱しました」

「なに？」

「わたしは今、ペイジ工房の職人頭です。けれどグレンさんは、我々の工房って言いました。わたしを職人頭にしておきながら、わたしはペイジ工房の人間じゃないって、そんなふうに聞こえました。わたしは今、ペイジ工房の職人頭です。そのわたしを、侮辱しました」

「しかし実際君は、ペイジ工房派の職人ではない」

「ペイジ工房派の職人です。あなたが雇《やと》うって決めて、期待するって言いました。あなたが言ったんです。銀砂糖師の責任って。王家勲章《くんしょう》を授《さず》かった者として仕事を与《あた》えられたからには、責任を果たさなくちゃ惨《みじ》めです。だからわたしは、ペイジ工房派の職人になったんです！　ペイジ工房の職人頭だから、工房を立てなおそうと思うんです！　わたしの仕事だから！」

その言葉に、グレンは面食《めんく》らったようだった。

「それは……」

とグレンは言いかけたが、言葉が見つからなかったようだ。先が続かない。

二人のやりとりを黙《だま》って聞いていたエリオットが、ぷっと吹《ふ》きだした。けらけら笑いだしたエリオットを、グレンは眉根をよせて困ったように見やった。

「エリオット」

「す、すみません。いやいや、すみません」

エリオットはひとしきり笑った後に、笑いすぎで涙《なみだ》が滲《にじ》んだ目をぬぐいながら言った。

「とりあえずアンを連れ出しますよ。これ以上話してたら、グレンさんは発作《ほっさ》起こしそうだ」

「コリンズさん、でも」

「さあさあ、出よう出よう、ね」

エリオットはアンの背をぐいぐい押して、扉《とびら》に向かわせた。一緒《いっしょ》に部屋を出る。無理矢理《むりやり》先へ押し出されながらも、アンはちらりとグレンをふり返った。

グレンは眉間《みけん》に皺《しわ》を寄せて、正面の壁《かべ》を睨《にら》んでいる。

背を押され食堂までやってくると、そこでエリオットはまた笑いだした。腹を抱《かか》えて笑い、疲《つか》れたように椅子《いす》に座って足を投げ出し、また笑い始める。

アンはむっとして、エリオットを見おろした。

「わたしは、真剣《しんけん》なんですけど」

「真剣にあんなこと言うから、おかしいんだよね」

エリオットはようやく笑いがおさまったらしく、まともに返事をしてくれた。

「あんなことってなんですか？　おかしなことを言いましたか？」

「グレンさんにペイジ工房派の職人じゃないって言われて、自分はペイジ工房派の職人だって言い切った。おみごと。あれは、グレンさんの負けだ。グレンさんにたてつくなんてこと、俺たちには想像もできない」

「グレンさんの言っていることがおかしいと思えば、意見すればいいんじゃないですか」

「おかしいと思えればねぇ。けど俺たちは、おかしいと思わないんだよ。グレンさんの言葉、グレンさんの守ってきたものは、全部正しく思えるんだから。だから困ってる」

エリオットは首を傾《かし》げるようにして、アンを斜《なな》め下から見あげた。

「今ここに残っている連中は、芯《しん》からグレンさんに恩義を感じているか、芯からグレンさんを尊敬しているかだ。そうじゃなきゃ、とっくに別の派閥に移ってる。なにしろここ一年、まともに給金払《はら》えてないからね」

「え!?」

さすがに驚《おどろ》いた。

「ペイジ工房派の先行きに不安を感じて、マーキュリーやラドクリフに移って行った奴《やつ》らが多い。それでもグレンさんの人柄《ひとがら》を慕《した》って、残ってくれる奴らはいたんだ。けど給金もまともにもらえなくなれば、生活ができない。家族を持ってる奴らは、泣く泣く他《ほか》の派閥に移った。独り者でも、仕送りしてる連中とかは抜《ぬ》けてった。結局残ったのは、独り者で、家族に仕送りする必要がなくて、心底からグレンさんを慕ってる奴だけだ。俺にしたって、マーキュリー工房派長代理のキレーンから、マーキュリーに移らないかと誘《さそ》いがあった。けどグレンさんと一緒にいることを選んだ。みんな俺と似たり寄ったり。グレンさんがいるから、ここにいる」

「みんな？」

「そう、みんな」

そこでエリオットは、何かを懐《なつ》かしむように、視線を台所のほうに向けた。

「俺のお袋《ふくろ》は、この母屋《おもや》で料理人をしてたんだよね。女手一つで俺と姉貴を育ててた。けど病気になって働けなくなった。普《ふ》通《つう》なら、姉貴が売春宿に身売りでもするしかない。けどグレンさんは、その時七つかそこらで、てんで役に立たない小僧《こぞう》の俺を、見習いとして雇った。見習いには普通給金は出ないが、給金を出してくれた。俺が立派な職人になったときには、ちゃんと見習い時代の分の給金はさっ引くと約束してね。そのおかげで、姉貴も俺も生活できた。お袋も、死ぬまでちゃんと治療《ちりょう》をうけさせてやれた。それで俺が職人になったら、ほんとうに俺の給金からは毎月、見習い時代にもらった給金を引いてくれる」

グレンはエリオットの一家に、手をさしのべた。けれど自分で稼《かせ》ぐ手段を与えただけだ。

――厳しい人なんだ。

グレンがブリジットに対する態度を見て、感じていたことだ。さらにエリオットの話を聞いて、改めて強く感じた。

努力するならば、助ける。可哀想《かわいそう》だからと、ただお金を渡《わた》したりはしない。七歳の子供に一家を支える努力をしろと要求するのは、厳しい。だが、ただお金を恵《めぐ》まれれば失ってしまうかもしれない一家の誇《ほこ》りが、それによって守られるだろう。

エリオットは窓から見える作業棟《とう》のほうに、視線を向けた。

「オーランドは、親父《おやじ》さんがペイジ工房《こうぼう》派の砂糖菓子職人だった。親父さんはグレンさんと仲が良くてね。でもその親父さんが早くに亡《な》くなって、オーランドはここに引き取られて育った。親父さんの遺志とグレンさんの判断で、養子としてではなく、あくまで見習いってことでね。グレンさんはオーランドに派閥《はばつ》の長として接していたけど、同時に親と同様の愛情も持ってたのは確かだね。それはオーランドも感じてただろう。あいつはグレンさんを長として尊敬しながらも、親としても慕っている。ここはあいつの家みたいなもんだ。あの潔癖症《けっぺきしょう》が髪《かみ》を伸《の》ばしてるのも、グレンさんの病気が良くなるための願かけなんだからね」

そう聞かされると、無愛想《ぶあいそう》な子供が、むっつりとしながらこの母屋の周囲を歩いていた様子が、目に見えるような気がした。オーランドがいつもじゃまくさそうに髪を気にしていながら、切ろうとしない理由もようやく理解できる。

「キングは今はあんなに丸くなってるが、昔は手のつけられない悪童だった。あいつの名前、おかしいだろう？　不良仲間の王様だったんだ。それでキングと呼ばれてたんだ。キングと呼ばれてる、ミルズフィールド一の鼻つまみ者の悪童を、誰《だれ》も雇いたくないよね。でもグレンさんは、雇った」

確かにキングの風貌《ふうぼう》と物腰《ものごし》は、堂々としている。不良たちを束ねるボスだったといわれれば、頷《うなず》ける。彼のこめかみにある古傷は、そんな時代の名残《なごり》なのだろう。

「ヴァレンタインは、ルイストンの学校に通ってた。あいつは受験して教父学校に入って、優《ゆう》秀《しゅう》な数学者になるんじゃないかって、ミルズフィールドじゃ評判だったんだけどな。両親が死んじまって、学費が払えなくなって退学した。頭いいから、いろんな商人から使用人にならないかって声をかけられたみたいなんだけど、なぜかここに来た。ここに来たら、やりたいことがやれるからって言ってたな。で、砂糖菓子《がし》を作り始めたらあいつ、とにかく、狂《くる》いのないきっちりした図形しか作らない。どこか、意固地になってるみたいだったなぁ。それでもグレンさんは『それでいい』って言ったんだよね。『おまえらしさだ』ってね。それから時々だけど、ヴァレンタインは他の形も作るようになったけど」

確かにヴァレンタインは、見るからに賢《かしこ》そうだ。そんな彼が道を断《た》たれて、意固地になって図形ばかりこしらえていた。穏《おだ》やかな彼でも、鬱屈《うっくつ》した思いを抱えていたのだろう。

そんな時、それでいいと言ってもらえたら、救われるのかもしれない。「元気を出せ」「前進しろ」。そう言われるよりも、よほど気持ちが楽になる気がする。

「ナディールは、両親と一緒に大陸の王国から来た。あいつは砂糖菓子が大好きで、砂糖菓子職人になろうとして、どこかに弟子《でし》入りしようとしたんだ。けどどこの工房も、奴を受けいれなかった。砂糖菓子はハイランド王国だけにある、ハイランド王国の技術だって意識が強いからね。どこの工房も、外国人にその技術を教えることをいやがった。で、ナディールを唯一受《ゆいいつう》けいれたのが、グレンさんだ」

ハイランド王国は島国だ。そのぶん閉鎖的《へいさ》で、外国人にたいしての風当たりは強い。おそらくナディールは、女であるアンが認められなかったのと同様の扱《あつか》いを受けたのかもしれない。

そしてグレンだけがこだわりなく、ナディールを受けいれた。

キースの決断によって世間に流れた噂《うわさ》を耳にして、動揺《どうよう》しない職人はいないだろう。自分の将来を案じ、他の工房に移り、他派閥の職人の肩書《かたが》きを持ったほうが、将来の仕事につながる。

それが賢い判断だ。

だがそれでもここに残った人たちには、それなりの理由がある。彼らはグレン・ペイジという長《おさ》を慕い、慕っているからこそ腕《うで》を磨《みが》いた。

そして慕っているからこそ、見えないものがあるかもしれない。

そんなに慕える人がいるのが、羨《うらや》ましかった。

アンがそんなふうに慕っていた母親は、もういない。

「みんながグレンさんを慕ってるなら、グレンさんが守りたいペイジ工房を、なんとかしなくちゃいけないんじゃないですか？」

「そうなんだけどねぇ」

エリオットは天井《てんじょう》を仰《あお》ぎ見た。できるのであれば、彼らはとっくにそうしているのだろう。

グレンはけして、理不尽《りふじん》なわからず屋ではない。

けれど歴史と誇りが、冷静な判断を歪《ゆが》ませることはあるのかもしれない。

歴史も誇りも、大切なものだ。けれどそれがあるからこそ、なにかが歪んでくる。どうして大切なものすべてが、うまく巡《めぐ》り会ってかみ合って、まわっていかないのだろうか。

そう思いながら作業棟に向かっていると、無性《むしょう》に銀砂糖に触《さわ》りたくなった。

そこで自分の箱形馬車が入れてある倉庫に向かい、荷台の中から、自分の確保した銀砂糖をひと樽《たる》運び出した。樽をごろごろ転がして、作業棟にやってきた。

今日の作業はもう始められており、オーランドとキングが砂糖菓子を作っていた。ミスリルはこれを自分の仕事と決めたらしく、小さな箒《ほうき》を手に、せっせと掃除《そうじ》をしている。

しかし例によって、ナディールとヴァレンタインは仕事がない。

作業棟の中にいた五人は、アンが銀砂糖の樽を転がして来たので、何事かというような顔をした。

「遅《おく》れてごめんね。オーランドもキングも、作業の続きをお願い。ナディールとヴァレンタインは、今日は仕事がなかったよね」

「ないけどさ。アンの銀砂糖だろ、これ。なにすんの？」

ナディールは近寄ってくると、首を傾げた。

「わたしも、銀砂糖に触りたいから持ってきた。ついでにナディールとヴァレンタインも、一緒《いっしょ》に何か作って見せて。腕前《うでまえ》を見せてほしいの」

「アン。でもこれはあなたの銀砂糖でしょう？　使っていいんですか？」

「わたしはペイジ工房の職人頭なんだから、わたしの銀砂糖もペイジ工房の銀砂糖もないわよ」

銀砂糖の樽の蓋《ふた》を開けながら、アンは肩《かた》をすくめた。

「工房で確保した銀砂糖を確認《かくにん》したでしょ。そしたら、わたしがラドクリフ工房からもらってきた銀砂糖よりも、ここの銀砂糖のほうが質がいいの。二人の腕が見たいのはわたしのわがままで、遊びみたいなものだから、質の良くないわたしの銀砂糖を使えばいいから」

その言葉を聞いて、キングが軽く口笛を吹《ふ》いた。

「さすがだぜ。銀砂糖師は、だてじゃないみたいだ。よくわかったな」

「え？」

顔をあげると、ヴァレンタインが苦笑《くしょう》した。

「僕たち、ここの近場のラドクリフ工房派の工房で、精製作業に加わったって話しましたよね。大がかりな釜《かま》や鍋《なべ》のない工房だったものですから、実は四人が結託《けったく》して、精製作業の工程に四人それぞれがばらけて入って、自分たちの確保する分は、自分たちのやりかたでやれるように、頑張《がんば》ってたんです。いい加減な工程が混じる場合もあって、完璧《かんぺき》にとはいきませんが。それでも他の連中が持って帰ったものより、確実に質がいいものを確保しましたよ」

「そうだったの!?」

どうりで、大量生産の銀砂糖にしては、なかなかいい質のものだと感心したのだ。

ラドクリフ工房で、大がかりな精製作業で発生するずさんな工程が、アンは腹立たしかった。

だから逆に、自分たちの分だけでもと意地を通した職人たちがいたのだということが、頼《たの》もしくて嬉《うれ》しかった。

「さ、作ろうよ。好きなもの作ろうね」

アンが促《うなが》すと、ヴァレンタインとナディールは、銀砂糖の樽をあいている作業台の隣《となり》に運んでくれた。

ナディールが銀砂糖をすくいあげながら、舌を出す。

「げぇ、これ。ほんと良くないよな」

「正直すぎます！」

ヴァレンタインが、ナディールの後ろ頭をおもいきりはたいた。

「いてぇ！　舌、嚙《か》むじゃんか！」

「せっかくアンが確保した銀砂糖ですよ」

「いいのよ。ほんとうに、質が良くないもの」

アンも銀砂糖をすくいあげながら、笑った。

確かに銀砂糖の質は良くない。色はすこし灰色っぽく濁《にご》っているし、手触《てざわ》りがざらつく。昔、アンが銀砂糖の精製が下手《へた》だった頃《ころ》は、こんな銀砂糖を精製してはエマに苦い顔をされた。

銀砂糖に冷水を加えて、練りはじめた。それを見てナディールとヴァレンタインも、冷水を銀砂糖に加える。

手を冷やし練りながら、なにを作ろうかと考える。

心に浮《う》かんだのは、今朝見た、涙《なみだ》で濡《ぬ》れたブリジットの緑の瞳《ひとみ》。

ブリジットはシャルを奪《うば》われ、今、泣いているのだろうか。そう思うと、罪悪感がある。あんなかたちでシャルを取りあげられたら、ブリジットは納得《なっとく》できないだろう。

シャルに恋《こい》して涙を流していた緑色の瞳は、くっきりと印象深くて綺麗《きれい》だった。あの瞳を思うとすこし苦しい。

シャルの羽を取りあげ、彼を部屋に閉じこめるのは許せることではない。けれどそうまでして、無理矢理《むりやり》にでもそばにいて欲しかったのだろう。好きだから。

好きだから、無理矢理にでもそばにいたい。だからアンも、ミルズフィールドまでやってきた。やりかたや主義は理解できなくても、ブリジットの恋する心だけは理解できる。

だから、ブリジットが泣いているなら、なんとかしたかった。

けれどアン自身がブリジットを傷つける存在である以上、不用意に彼女に近づけない。

ブリジットには、すこしの幸運が必要な気がした。

彼女は美しいし、素敵《すてき》な金髪《きんぱつ》だ。リズのことを忘れられないシャルは、彼女の金髪にひかれないともかぎらなかった。ブリジット自身が、もうすこし心がやわらかくありさえすれば、おのずと幸運がやってきたかもしれないのに。

そう考えた途端《とたん》に、無意識に色粉の瓶《びん》を探した。作業場に作り付けられている棚《たな》には、ずらりと色粉の瓶が並んでいた。そこに近づくと、緑色系統の色粉の瓶を、五つほど取ってきた。

練り続けていた銀砂糖に、それぞれの瓶から色粉をすこしずつ混ぜこんだ。透明感《とうめいかん》のある緑ができた。アンはそれを、掌《てのひら》に載る大きさに練りあげた。

——幸運を。ブリジットさんに、これあげよう。

アンの掌に載っているのは、翡翠《ひすい》色をした小鳥だ。彼女の瞳が見つめるものが優《やさ》しく愛らしいものであれば、彼女の瞳はもっと綺麗だろう。だから愛らしくて優しいものを作りたかった。そして彼女の瞳の色が、見つめたものに映されたなら、その願いが叶《かな》う気がした。

幸福をもたらす砂糖菓子《がし》。

「翡翠の色だな。小鳥か」

頭の上で声がするので、はっとした。

オーランドが、アンの背後から手もとを覗《のぞ》きこんでいる。そしてオーランドだけではなく、キングも覗きこんでいた。

「いいぜ、それ」

キングが呟いた。

「ありがとう」

アンはちょっと照れくさくなった。あわてて、話題をそらそうとした。

「あ、と。で、ナディールとヴァレンタインは？」

作業台に目をやると、ヴァレンタインの目の前には、かっちりとした立方体が、いくつも並んでいた。その正確さに、面食《めんく》らう。

ヴァレンタインの立方体は、六面が全《すべ》て、透明感のある違《ちが》う色で構成されている。

圧巻なのは、その辺や角の狂《くる》いのなさだ。辺も角も刃《やいば》で切り落としたように鋭《するど》い。そして面と面のつなぎ目が、どう見てもわからないほど綺麗につながっていて、それでいて色だけは、くっきりと分かれている。ただの立方体が、寸分の違いもなく、色彩《しきさい》だけを変えていくつも作られている。それがこれほど美しいとは、思いも寄らなかった。

そしてナディールの手もとを見て、さらに驚《おどろ》いた。

ナディールは作業台に顔をくっつけるようにして、指先に針を持って、何かを必死に作っている。彼の近くに並べられているのは、麦の粒《つぶ》のような大きさの花。さらに今ナディールが細工しているのは、掌ほどの大きさの家だった。まだ煉瓦塀《れんがべい》しかできていないが、積み重ねられた煉瓦の色や形は、どれも本物と同じようにざらりとした質感がある。その質感を、針の先を使って作り出している。目に見えないほどの細かな細工を、針先の感触《かんしょく》でやってのけている。

ナディールもヴァレンタインも、周囲にまったく注意を向けず、一心に細工をしている。

アンの表情を見て、キングが笑った。

「俺とオーランドとエリオットは、まあ、普通《ふつう》の職人だ。けどヴァレンタインとナディールは、ちょっと特殊《とくしゅ》だぜ。ヴァレンタインのあれは、あいつが大好きな形だ。本人曰《いわ》く『数学』だってよ。ナディールはあの細かさが、好きなんだってよ。細かければ細かいほど、好きらしいぜ。これがいいって惚《ほ》れこんで、頼みに来る客も以前はいたんだぜ」

「そうね。ほんとうに、そう」

なにかができるかもしれない。

こんな職人たちがいるのならば、その技術をうまくかみ合わせ、自分一人では不可能な今まで見たこともないものが作れそうな気がした。

シャルの羽がグレンの手に渡《わた》ったその日から、ブリジットは部屋から一歩も出なくなった。カーテンを閉め切って、部屋に籠《こ》もっている。食事はダナの手で部屋に運ばれていたが、ほとんど手をつけていないらしい。

アンの作った翡翠色の小鳥は、ブリジットに渡す方法がわからず、まだアンの部屋の窓辺にあった。渡されないままの砂糖菓子は、なんだか寂《さび》しそうだった。

ナディールとヴァレンタインの腕前《うでまえ》がわかり、なにかできるとは思ったが、選品に参加しなければ意味はない。グレンをどうやって説得するべきか考えながら、時間は過ぎていった。

マーカスとキースがやってきた日から数えて、三日目の朝。

今日も掃除《そうじ》や、道具の手入れに明け暮れるのかもしれない。そう思いながらいつものように作業棟《とう》に行ったアンは、作業棟の中で手持ちぶさたに座っている職人四人に出迎《でむか》えられた。

オーランドもキングも、つまらなそうに丸椅子《いす》に腰《こし》かけている。

「どうしたの？」

問うと、むすっとしてオーランドが答えた。

「仕事がない」

キングが足を投げ出して座り、あくびをしながらつけ加えた。

「俺とオーランドが作った砂糖菓子は、昨日それぞれ完成して、客に引き渡しちまった」

「そっか。注文は二つしか受けてないって言ってたから……」

工房《こうぼう》に来ている砂糖菓子の注文は、ついに途切《とぎ》れてしまったのだ。

「沈没《ちんぼつ》寸前だな。ネズミも逃《に》げ出すぞ」

小さな箒《ほうき》を手に、せっせと竈《かまど》の埃《ほこり》を払《はら》っているミスリルが不吉《ふきつ》なことを呟く。

「でも。注文が途切れるなんて。そんなこと、ありえるの？」

思わずアンが問うと、キングが首をふる。

「落ちぶれても、天下の本工房だぜ。一度もこんなことなかった。なぁ、オーランド？」

話をふられたオーランドは、頷《うなず》いた。

「じゃ、なんで⁉」

「グレンさんが危ないって噂《うわさ》が、影響《えいきょう》してる。本当ならグレンさんの健康状態が悪くなった去年、エリオットがブリジットと結婚《けっこん》して、ペイジ姓《せい》に変わっているべきだ。もしくはエリオットを養子にして、ペイジ姓を与《あた》えてあとを継《つ》がせる。だが養子にとる気配はないし、結婚の準備も進んでない。グレンさんが今亡《な》くなれば、長《おさ》となる者がおらず、工房をたたむしかない。長がそれを考えないわけはないから、おそらくグレン・ペイジは、工房をたたむ方向で準備しているだろう。そんな憶測《おくそく》が世間にあるみたいだな。ペイジ工房派配下の工房の連中でさえ、そう思ってる者が多いみたいだ。いくら歴史ある派閥《はばつ》の本工房でも、たたむ準備をしている工房に誰も依頼をしたいと思わないだろう。そのうえ、パウエルの件もある」

　冷静なオーランドの分析《ぶんせき》に、アンは頭を抱《かか》えたくなった。がっくりと作業台に両手をついた。

「グレンさんにはこのこと、伝わってる？」

それにナディールが答えた。

「伝わってるよ。エリオットがずっと、昔のつながりを頼《たよ》っていろんな有力貴族や豪商《ごうしょう》をまわって、仕事をとってこようとしてたから、その経過報告をしてるはずだからさ。それがうまくいってなければ、もう工房に仕事はないって、わかってるよ」

アンはむっと考えこんだ。

「あんな状態で、コリンズさんはともかく、ブリジットさんが結婚できるわけないし。グレンさんに状況《じょうきょう》が伝わっているなら、とりあえずグレンさんに、コリンズさんを養子にするように提案してみようかな。次期長になれる人ができれば、変な噂はなくなるでしょう？」

「無理だと思います」

ヴァレンタインが、遠慮《えんりょ》がちに口を開く。

「グレンさんは、誰かを養子にしたりしないでしょう。マーキュリー工房派のことを、とても気にされていましたから。あのようなことになってはいけないと」

ヴァレンタインの言葉に、ナディールがぽんと手を打った。

「あ、あれ？　派閥の乗っ取りだとか、陰口叩《かげぐちたた》かれてたよな」

「グレンさんは、大切な一人娘《むすめ》を路頭に迷わせたくないはずです。親心ですね」

ヴァレンタインの言葉に、ナディールは耳飾《みみかざ》りをいじりながら皮肉に笑った。

「俺の親には、親心なんてなかったからな。俺はわかんないな。とっととエリオットを養子にすりゃいいじゃん。あのお嬢《じょう》さんがどうなったって、俺は知らないね」

「ナディール。口を慎《つつし》みなさい」

「あの、ねぇ」

ヴァレンタインとナディールの会話が理解できず、アンは割って入った。

「マーキュリー工房派のことってなに？　派閥の乗っ取りって」

するとヴァレンタインが、答えてくれた。

「五年前に、マーキュリー工房派の長が代替《だいが》わりしました。今の銀砂糖子爵《ししゃく》ヒュー・マーキュリーが、マーキュリー工房派の長になったんです。その時にマーキュリー工房派に、いざこざがあったんです」

ヴァレンタインの言葉の続きを、キングが引き継ぐように続けた。

「ヒュー・マーキュリーのもとの姓はアクランド。ヒュー・アクランドは、マーキュリー工房派でも、ずば抜《ぬ》けて腕《うで》がいいって評判だったぜ。先代の長はアクランドを買ってた。それにひきかえ、自分の息子《むすこ》がぼんくらで、金遣《かねづか》いは荒《あら》いわ、腕は悪いわ、素行は悪いわで、我が子ながら辟易《へきえき》していたらしい。そこでだ、先代長はアクランドを養子にして、マーキュリー姓を与えて次期長に指名した。で、先代長が亡くなった時、マーキュリー姓を手に入れていたアクランドが、新しい長になった。それと同時にアクランドは、先代長の息子を工房から放逐《ほうちく》した」

「放逐？」

「まあ、されても不思議はないちんぴらだったってことだけど、本人は黙《だま》っちゃいない。銀砂糖子爵に訴《うった》えたりしたけど、結局、長となった者勝ち。先代の息子は行方《ゆくえ》知れずだぜ」

うんとのびをして、キングは首を軽く回しながら言った。

ヴァレンタインは軽く眼鏡を押しあげながら、再び口を開く。

「ヒュー・マーキュリーの処置は、適切でした。だけど冷徹《れいてつ》ではありますよね。反面そうでなければ、工房は切り盛りできない。だからグレンさんは心配なんだと思います。切れ者が工房を継げば、創始者一族といえど、害になる者は追い出される。もちろんエリオットはグレンさんとの約束なら、ブリジットを疎略《そりゃく》には扱《あつか》わないでしょうが、彼女自身の立場はなくなります。とくにエリオットが妻を迎《むか》えたら、さらに居づらくなる。だから親として、保険が欲しいんでしょうね、長の妻という。しかもそれで、ペイジ工房派の創始者の血はつながるわけですし」

「だからって、このままじゃほんとうに、なにもしないまま工房をたたむはめになる」

あせるアンの言葉に、オーランドは冷めた反応を返した。

「どうするっていうんだ？　街をまわって、仕事をくださいと頭を下げてまわるのか？」

「いざとなったら、やらなくちゃ！　街で露店《ろてん》を広げることだって、するわよ」

「あ、それ面白《おもしろ》そう」

ナディールが目を輝《かがや》かせる。

「面白がるな。そんな派閥の本工房、聞いたことない」

いやそうに顔をしかめたオーランドの背後で、作業棟の扉《とびら》が開いた。

「ま、露店は広げなくていいかもねぇ、まだ」

おかしそうに笑いをこらえながら、エリオットが入ってきた。その肩《かた》にすがるようにして、グレンがゆっくりと一緒《いっしょ》に入ってくる。職人たちは驚いたように、一斉《いっせい》に腰を浮《う》かした。

「グレンさん、寝《ね》てなよ！」

ナディールが飛びあがるようにして、声をあげる。

グレンは全員をゆっくりと見回すと、大丈夫《だいじょうぶ》だと言い、エリオットの手を借りて近くの椅子に腰かけた。しばらく、動悸《どうき》を鎮《しず》めるように浅い呼吸を繰《く》り返していた。

エリオットはグレンのそばに跪《ひざまず》き、いたわるように訊《き》いた。

「苦しいですか？」

グレンは首をふった。顔をあげ、わずかに微笑《ほほえ》んだ。

「いや、大丈夫だ。作業棟に来ると気分がいい。銀砂糖の、甘い香《かお》りがいい。オーランド、キング、ヴァレンタイン、ナディール。そして、アン。状況は、エリオットから聞いた。そこでみんなに、指示をするために来た。長として」

職人たちの顔つきが変わった。空気が張りつめる。

「我々の工房は、新聖祭の選品への参加を拒否《きよひ》してきた。だが今年、参加しようと思う」

職人たちも驚《おどろ》いたような顔をしたが、一番驚いたのはアンだった。

「参加してもいいんですか!?」

確かめると、グレンはアンに向かって頷いた。

「ペイジ工房派の本工房は、危機に瀕《ひん》している。一度だけ、ルールを無視しよう。だがもし選品に参加して選ばれなければ、恥《はじ》の上塗《うわぬ》りだ。二度と選品に参加しない。アン、君もペイジ工房派の職人と名乗ることをやめてもらう。ここから出ていってもらう。もちろんあの妖精《ようせい》は、わたしのものになる。君を職人頭と認めるから、ルールを無視するんだ。認めるからには、君もそれなりの責任を持つんだ」

三百年の伝統を守るためのルールを無視したグレンの決意は、アンにも同様の覚悟《かくご》を求めている。

選品で選ばれなければ、シャルの羽は戻《もど》らない。

分が悪いように思えた。まだ工房《こうぼう》を立て直すという、漠然《ばくぜん》としていて期限も切られていない約束のほうが、勝算がある気がする。一度失敗しても、次の手、次の手と打てばいい。

けれどまず最初の一手としては、選品に参加することが最善だ。選品に参加すれば、世間もペイジ工房が工房をたたむ準備なんかしていないこともわかるだろう。伝統だけある落ちぶれた工房などではなく、素晴《すば》らしい砂糖菓子《がし》を作る技術があることも、広く知られる。

——いちかばちか。怖《こわ》がっていたら工房は立て直せない。結局シャルの自由を取り戻せない。

最初の一手で、負けることを想定するのはいやだった。

「責任を持ちます。ペイジ工房派本工房の職人頭として」

答えると職人たちは、思わぬ言葉を聞いたような顔をした。グレンはじっとアンをみすえたあと、職人たちに視線をうつし、威厳を持って命じた。

「新聖祭の選品に参加しろ。職人頭の指示に従え」


夕暮れ。丘《おか》の向こう側に、ほとんど動かない雲がある。雲の縁《ふち》は夕陽《ゆうひ》に照らされ、オレンジとも金ともつかない輝きを放っていた。雲の表面はなめらかで、わずかな光をまとい、虹《にじ》のような薄《うす》い七色に覆《おお》われている。不思議な色の雲だった。

ずっと昔、シャルはあんな色の雲を見たことがある。時季は今と同じ、秋の終わりだった。

あの年は驚くほどはやく、冬が来た。あの冬がリズと過ごした、最後の冬だった。

久しぶりに、リズのことを思い出していた。アンと離《はな》れていた間、リズのことを思い出す暇《ひま》もないほど、ずっとアンのことばかりを気にしていたからだ。

この三日間、不思議と気分が落ち着いていた。シャルの羽はグレンの手に握《にぎ》られたままだ。だがブリジットの部屋を出て、アンの部屋に移り、自由に行動することを許されている。

自分の命が人間に握られている不快感は、確かにある。だがアンと一緒にいるだけで、その不快感がやわらぐ。

アンが、これほど離れがたい存在になっていたことが、信じられなかった。

けれどもう、認めないわけにはいかなかった。アンが必要だ。

リズが必要だったのとは、あきらかに違《ちが》う。リズは幸せでいてくれれば、どこにいてもなにをしていてもシャルは幸福だと思えた。

けれどアンは、自分のそばに必要だった。そうでなければ、我慢《がまん》できない。

はじめて知る感情だった。その感情が、恐《おそ》ろしくもある。これほどアンを必要としているとするならば、それは、とてつもない弱点となってしまう。

黒曜石から生まれ、百年以上の時を過ごし、たいていの輩《やから》ならば斬《き》れる自信もある。そんな固く壊《こわ》れることのない自分の輪郭《りんかく》が、欠けるのではないかと思えるほどの弱点だ。

「あなたの愛しているのと、私の愛しているは、違う」というリズの言葉の意味が、ようやく理解できる。もしリズがシャルに対して、シャルがアンに感じるのと同じ感情を抱《いだ》いていたとするならば、シャルはリズにむごい仕打ちをしたのかもしれない。

──すまなかった、リズ。

動かない雲を見あげて、心の中で呟《つぶや》いた。けれどあの時それに気がついていたとしても、シャルはリズに対して、アンに対するような感情は抱けなかった。

「シャル」

枯《か》れた草葉の草原にたたずみ空を見ていると、背後から呼ばれた。ふり返ると、アンがミスリルを肩に乗せて、作業棟《とう》から出てきたところだった。こちらに向かって、歩いてくる。

「仕事は終わったのか?」

問うと、アンは頷《うなず》きながらも、微妙《びみょう》に申し訳なさそうな顔をする。

「ペイジ工房には、もう注文がなくて。仕事をしようにも、できないの。もうぎりぎりまで、まずい状態になってる。工房をなんとか立ちなおらせるために、今日、グレンさんが新聖祭の選品に参加することを決めてくれたの。でも……」

「なんだ？」

「選品でペイジ工房が選ばれなければ、わたしはここを辞《や》めなくちゃいけないの。シャルの羽も返してもらえなくなる。でもわたしは、それでいいって言った。選品に出る必要があると思ったから」

「お前が必要だと思えば、それでいい」

答えると、アンは首を傾《かし》げた。

「いいの？　選品で選ばれなければ、シャルは」

「おまえを信じて待つと言った。だから、おまえのすることを全《すべ》て信じて待ってやる」

告げると、アンは嬉《うれ》しそうに頷いた。

「ありがとう。選ばれるように、努力する。それでももし選ばれなくて、わたしがここから追い出されても心配しないで。そうなったらわたし、王家勲章《くんしょう》を国王陛下に返上して、ヒューに土下座して、シャルを取り戻してくれるように頼《たの》むから。シャルの羽は必ず、どんなことがあっても取り戻すから」

「砂糖菓子職人をやめる気か？」

「やめられないと思う。わたし、砂糖菓子を作ること以外、知らないから。それにやっぱりどうしてかわからないけど、砂糖菓子を作りたくなるから。けど銀砂糖師ですって、平気な顔して名乗れない。銀砂糖師じゃなかったら、砂糖菓子職人としてやっていくのは難しいだろうけど。いろんな人に頼《たよ》って、細々やっていけないことはないと思う」

砂糖菓子職人以外の生き方を、アンはできない。それを自分でもわかっているのだろう。彼女は自分が失敗したとき、王家勲章を返し、人を頼りに生きる人生を選ぶと言う。全ての誇《ほこ》りを捨てる覚悟をしている。それがどれほど惨《みじ》めなことか、彼女が知らないわけはない。

けれど職人としての誇りがあるがゆえに、彼女は誇りをかけるのだろう。

まっすぐで強いその笑顔《えがお》を見ると、こみあげるのは愛《いと》しさだった。そして唇《くちびる》や、額や頬《ほお》に、口づけしたくなる。ここ数日、度々《たびたび》そんな気持ちになることを意識していた。

触《ふ》れたくなる衝動《しょうどう》を抑《おさ》えるのに、彼女から視線をそらした。

「心配はしてない」

二人の顔を交互《こうご》に見ながら会話を聞いていたミスリルが、小さな声で呟いた。

「こ、これは……！　なんか。いい雰囲気《ふんいき》じゃないのか？」

そしていきなり立ちあがると、腰《こし》に手を当てははははっとわざとらしい声で笑った。

「突然《とつぜん》だが、俺様は急用を思い出したぞ！　俺様は先に帰る。二人はもうすこし夕陽でも眺《なが》めてろ！　なんかロマンチックだよな！　うん、手をつないだり抱きあったり、キスしたりするのに最高の日和《ひより》だ！　ということで、二人ともがんばれよ！　特にアン」

言うが早いかアンの肩《かた》から飛び降りて、ぴょんぴょんと草原を駆《か》けていった。

「ミ、ミスリル・リッド・ポッド⁉」

あせったようにアンが呼び止めたが、ミスリルはふり返りもしない。

「ミスリル・リッド・ポッドってば、お節介……！　じゃなくて。なにを言ってるのか、よくわからないわよね！　ぜんぜん、わかんない！」

アンはシャルに向きなおると、引きつった笑顔でなにかを誤魔化《ごまか》すように言った。

ミスリルのあからさまな気の遣《つか》いように、シャルは額を押さえる。

──俺が、そんなに物欲しそうに見えたのか？

ミスリルに気づかれたとしても、せめてアンには、知られたくなかった。

シャルの感じるおかしな気分を察したら、まだまだ子供っぽい彼女は驚《おどろ》いて、逃《に》げ出しそうだ。この気分を、なんとかしなければいけない。

五章　誰かのための砂糖菓子

「新聖祭の定番砂糖菓子って、なにかな？」

　アンの問いに、ヴァレンタインが答えた。

「国教の十二守護聖人や、祖王をモチーフにしたものですよね。新年に幸福をもたらすための砂糖菓子《がし》ですから。大きさは、僕の身長くらいあったりしますね」

　キングが、いやそうな顔をする。

「つまんねぇぜ、聖人や祖王の像なんてよ。植物のほうが、色が使えていいぜ」

　するとオーランドが、冷たく言う。

「真冬に植物？　季節感無視だ。祖王が定番なら祖王がいい。強さを表現するにはぴったりだ」

　ナディールは顔をしかめる。

「大きすぎる砂糖菓子は、俺、いやだ。不細工じゃん」

　ヴァレンタインも言う。

「強さがあればいいってもんじゃないでしょう。僕は抽象《ちゅうしょう》的な、神の記号みたいなシンプルなものが素敵《すてき》だと思いますけど。大きさは、大きければ大きなほどいいですよ。絶対」

選品への参加を決めた翌日。作業棟に集まった四人の職人は、アンの問いに、一斉《いっせい》にてんでバラバラのことを言いだした。アンは顔を引きつらせながら、手をあげた。

「ちょっと待って！　みんな、自分の作りたいもののイメージだけで話をしてない⁉」

するとキングが、意外そうな顔をした。

「誰かに選品の作品を任せるんだろう？　良い砂糖菓子を作りそうな奴《やつ》に。違うのか？」

そこでヴァレンタインが、閃《ひらめ》いたように言った。

「あ、そうですね。失礼しました。キング、違《ちが》いますよ。アンが作るんですよ。僕たちは意見を求められただけですよ、きっと」

「なんだ。そうなのか？」

「……違うんだけど」

根本的な意識の違いに、アンは頭を抱《かか》えた。職人たちは一様に、わけがわからないような顔をしている。

――そっか。順番に説明しなきゃいけないんだ。

誰かと仕事をしたことがないアンにとっては、職人頭の仕事は手探《てさぐ》りだ。いちいち四人を混乱させていることを申し訳なく思いながらも、作業台に座る四人の職人たちの前に立った。

そして改めて、告げた。

「今までは一つの仕事を、一人の職人が責任を持ってやることになっていたのは、教えてもらったんだけど。今回は、やり方を変えようと思うの。幸い……といっていいかどうか分からないけど、今、工房《こうぼう》には仕事がないんだし。だからここにいる五人で考えて、どんな砂糖菓子にするかを決めて。そして、五人で一緒《いっしょ》に作ろうと思うの。そうすれば準備期間が半月なくても、大作だって充分《じゅうぶん》に作れる」

ペイジ工房派の仕事の進め方は、職人一人一人を尊重している。

請《う》け負《お》った仕事は、一人の職人に任せ、そしてその職人が作りたいものを作るように依頼者《いらい》と折り合いをつける。けして依頼者の望み通りのものではなく、職人の作りたいものの中から、依頼者がこれと思うものを選ぶ。あくまで、職人本位だ。

それはいずれ独立していく職人たちにとっては、ためになることだろう。一人の職人としての責任感が生まれる。そのことも見越《みこ》して、ペイジ工房派は伝統的にその方法を守っているのかもしれない。

けれど、それではここにこれだけの職人が集まっている強みがない。

「みんなで決めて、みんなで作る？」

オーランドが眉根《まゆね》を寄せる。

「五人の職人の意見が一致《いっち》する作品があるとは思えない。一人一人の職人が作りたいものでなければ、作る気にもなれないぞ。そもそもなんで、五人の意見が一致する必要がある」

「考えたの。職人五人が集まって、これがいいって決められるものがあれば、それはたくさんの人から選ばれるものになるのじゃないかって。だって一人の意見じゃなくて、五人の意見が作るんだもの。一人の賛成より、五人の賛成のほうが、選品で選ばれる可能性は高くなるじゃない？ それならみんなが、作りたいものを作れるし、やる気も起きるよね」

オーランドは鼻を鳴らした。

「五人の意見が一致するものがあればな」

「それを見つけるの」

何人もの職人が集まっていることが、マイナスに働くはずはない。一人よりも、二人のほうが楽しいのと同じだ。集まれば、集まったことの強みがある。

アンはエマが死んだとき、ひとりぼっちになった。けれどシャルとミスリルが、友だちになってくれた。一人より二人、二人より三人。集まる力が、弱くなるはずはない。楽しくないはずはない。そんな漠然《ばくぜん》とした希望があった。

全てが手探りの今、その漠然とした希望を唯一《ゆいいつ》の指針にするしかない。

キングが困ったように肩をすくめる。

「でも、どうするよ？ こうやって俺たち五人でぎゃあぎゃあ言ってても、絶対意見は一致しないぜ。五人とも、作りたいものの趣味《しゅみ》が違いすぎる」

キングが指摘《してき》するとおり、そこが一番の問題だ。

「そうよね。過去に新聖祭のために砂糖菓子を作っていたときと選品に参加したとき、どんなものを作っていたか、昔のことを知っている人とかいないかな。そこに、みんなの意見が一致するようなヒントがあればいいんだけど」

するとヴァレンタインが顎《あご》に指をあて、記憶《きおく》を探るように言った。

「確か、代々の長《おさ》がつけている日記みたいなものがあると、グレンさんから聞いたことがあります。それになにか書いてあるかもしれません」

「そんなものがあるなら、見せてもらいたい」

「訊いてきましょう」

ヴァレンタインは、すぐに立ちあがった。

ほどなくして、ヴァレンタインは息せき切って作業棟《とう》に帰ってきた。

三代前からの長の日記が、グレンの手もとに残っているという。けれど貴重なもので、おいそれと外に持ち出せないらしい。もし読みたいならば、母屋《おもや》の食堂で見ろと言われたそうだ。

そこでアンは、四人とともに母屋に行った。

食堂には、旅行用外套《がいとう》を着たエリオットがいた。テーブルの上に十冊ほどの本を重ねて置いて、にやにやして待っていた。

「これ読む気か？　俺はまず、読みたくない代物《しろもの》だけどねぇ。がんばれよ」

「出かけるんですか？」

問うと、エリオットは肩《かた》をすくめた。

「そ。ギルドの例の借金返済のことで、ルイストンへ行ってくる。あそこのギルドに、昔の文書が残ってて、役に立ちそうだからな。夕方には帰ってくる。帰ったら手伝ってやるよ」

エリオットはそう言うと、ひらひらと手をふりながら玄関《げんかん》へ向かった。

彼は常に工房の資金繰《しきんぐ》りに、奔走《ほんそう》しているらしい。落ち着いて母屋にいる姿を、ほとんど見たことがない。彼は絶対に疲《つか》れた様子を見せないが、ときおりとてもつまらなそうな顔でぼんやりしていることがある。

「コリンズさんに負担かける必要ないよね。手分けして読めば、すぐ終わるだろうし」

アンは意気揚々《いきようよう》と、まず本の山の一番上に置かれている、茶の革の表紙がつけられた本を手に取った。本、というよりは、羊皮紙を糸でとじて固い表紙をつけたものといった感じだ。背表紙もつけられているが、それほどきっちりとした作りではない。しかし個人の日記が、こうやって曲がりなりにも形になって残っているのは、さすが派閥《はばつ》の本工房だ。

表紙を開き、羊皮紙に染《し》みこんだインクの文字を目にして、思わず呻《うめ》いた。

「なに。これ」

四人がアンの開いている本を一斉に覗《のぞ》きこんだ。アンの肩の上にいたミスリルはテーブルの上に飛び降り、文字を眺《なが》める。

「あきめくともじせつのへんかさはかわらずがこのおんとしにはゆめおもはぬへんようありて」

ミスリルは文字を追いながら口に出して読み、アンを見あげた。

「呪文《じゅもん》か？」

「そうかも」

二人のやりとりに、オーランドが呆《あき》れたように言う。

「そんなわけあるか」

冷や汗《あせ》を浮《う》かべるアンの隣《となり》で、ヴァレンタインは冷静だ。

「古い日記ですから。言い回しが古すぎて、読みづらいですね」

「無理！　絶対無理。死んでも無理」

ナディールが蒼白《そうはく》になって、魔物《まもの》でも見たかのようにわずかに後ずさる。

「ごめん、アン。俺これ読めない、てか。読ませないで。お願い。掃除《そうじ》でも洗濯《せんたく》でも肩もみでもなんでもする。だから、読ませないで。こんなの読んだら、頭が爆発《ばくはつ》する」

「爆発されると困る……けど。読めそうな人、いる？」

するとヴァレンタインが、にっこり笑った。

「僕は読めますよ。それにオーランドも読めるんじゃないですか？　ねぇ、オーランド？」

二人が、ものすごく頼《たの》もしく見えた。キングはばつが悪そうに頭を掻《か》いた。

「読める」

「俺ぁ、無理だぜ。ナディールと一緒に、掃除と洗濯と肩もみだ」

情けない気持ちで本のページを見おろしながら、呟《つぶや》いた。

「読める自信はないけど。わたしも、読んでみる」

すくなくとも最初の、空気を押しつけられた感じよりはましだ。どんな形になるかは分からないが、するべき事がある。探るべき事がある。考えるべき事がある。

オーランドとヴァレンタインとアンは、そのまま食堂で日記を読む作業を始めた。

キングとナディールは、作業棟の掃除と道具の手入れに向かった。

日記は古い年代から順に読み始めた。オーランドとヴァレンタインは黙々《もくもく》とページをめくりながら、選品に関する記述についてはメモをとってくれた。

アンは半泣きで、ミスリルとともに頭を本に突《つ》っこむようにして、必死に読んでいた。

「あらまほし……ってなに?」

涙目《なみだめ》でミスリルを見ると、ミスリルは腕組《うでぐ》みして首をひねってから答えた。

「あらま、お星様って意味じゃないか?」

「それじゃこれ『練りに練ってからぴかぴかになったわ。あらま、お星様ね!』って意味? 銀砂糖を上手に練れた、自分へのほめ言葉? 自画自賛?」

アンとミスリルが悪戦苦闘《あくせんくとう》するのを耳にして、アンとテーブルをはさんで反対側に座っていたオーランドが呻く。

「馬鹿《ばか》ども」

ヴァレンタインはアンの横に座っていた。苦笑《くしよう》しながら、ずっとメモ用紙を使っていたが、それに何かをびっしりと書きこみ終わると、アンの前に差しだしてくれた。

「お節介《せつかい》ですが。これ、参考になりますか?」

メモ用紙には、単語が羅列《られつ》してあった。右側が古語、その左側に現代語で意味が書いてある。

「銀砂糖も、昔のつづりで書いてあると『キンサトーウ』としか読めないですし、その他《ほか》、頻《ひん》出《しゅつ》する単語の意味を書いておきました」

「ヴァレンタイン。ありがとう」

ありがたさに涙が出そうだ。ミスリルもメモ用紙を受け取ると、おおっと声をあげた。

「ありがとうな！　ほんといい奴《やつ》だな、おまえ。そこにいる、人を馬鹿にした男と大違《おおちが》いだ！」

「いい奴でなくて結構だ」

オーランドは顔もあげずに、いやそうに呟いた。

夕方には、エリオットは工房《こうぼう》に戻《もど》ってくると言っていたが、彼は帰ってこなかった。雑多な用が多い彼は、予定通り帰宅しないことも度々《たびたび》らしく、誰《だれ》も気に留めてはいなかった。

エリオットの助けはなかったが、オーランドとヴァレンタインの努力のおかげで、夕食前には日記の読み残しは三冊になった。

二冊分は先代長の日記なので、現代語で書かれている。アンでも読める。あと一冊は例のちんぷんかんぷんな言葉で書いてある日記だが、一冊ならばアン一人で今夜中に読めるだろう。そう思って、夕食前には仕事を終了《しゅうりょう》することにした。

本を読み続けたオーランドとヴァレンタインは、目の下が落ちくぼんでいた。

夕食後。ミスリルとシャルは部屋で休んでもらって、アンは一人食堂に残った。

残りの日記を読みすすめる。蠟燭《ろうそく》の明かりを手もとに引き寄せ、文字を目で追った。冬間近の夜だ。足もとから冷えがあがってきたが、自分一人のために、食堂の大きな暖炉《だんろ》に火を入れるのがもったいない。そこで部屋から毛布を持ってきて、それにくるまって椅子《いす》に座った。

なかなかページは進まない。疲れもあり、眠気《ねむけ》が襲《おそ》ってくる。

それでもこの日記を読む地道な作業で、一つ成果があった。

選品の制度が始まる前。ペイジ工房が新聖祭の砂糖菓子を専属で作っていたとき、度々、教父と意見があわなかったと記されていたことだ。

職人の作りたいものを作っていれば、教父の好みとあわないこともあるだろう。それが選品が始まるきっかけとなったとするならば、新聖祭には、国教会が望む砂糖菓子を作らなくてはいけない。そのことだけは、明確だ。

だがペイジ工房の四人の職人たちは、自分が作りたいもの以外は、作らないと言うだろう。

——困ったな。どうしたら、みんなが国教会の望むものを作る気になるのかな?

しばしぼんやりと、蠟燭《おど》の躍る炎《ほのお》を見ていた。黒い煤《すす》がじりじりと炎の先からあがっている。

「寒い」

もそもそと毛布の中で身じろぎする。と、背後からアンの目の前に、そっと湯気の立つカップが差し出された。ふり返ると、オレンジ色の髪《かみ》をした妖精《ようせい》が微笑《ほほえ》んでいた。

「どうぞ。温かいものでも。体を温めるハーブ茶ですよ」

「ありがとう。ダナ」

礼を言うと、妖精は苦笑した。

「僕はハルです」

言われてみると、妖精はドレスではなく、ズボンとシャツを身につけている。髪の毛もダナよりは、いくぶん短い。

「ごめんなさい！　え、でも、そっくりで」

「いいんです。僕とダナは、同じ木から同じ時に生まれたから、よく似ているんです。人間で言うと双子《ふたご》みたいな感じだと思います」

「そうなんだ、妖精にも双子っているのね。知らなかった。お茶ありがとう。とても助かる」

このハルという妖精が、母屋《おもや》にいるもう一人の妖精なのだろう。ここに住み始めて一週間たらずだが、はじめて顔を合わせた。

「お礼なら、ダナに。あなたにお茶を持っていきたいけど、恥《は》ずかしいからと僕に押しつけてきたんです」

「なんで恥ずかしいの？」

「命令されてもないのに、お茶を持っていくのが気恥《きは》ずかしいみたいで。いらないと言われたら、さらに恥ずかしいし、って」

「いらないなんて言わない。せっかく親切でしてくれたことだもの。ダナは優《やさ》しいのね」

「嬉《うれ》しかったそうです。だからお返しに、なにかしたいって」

「わたしなにかした？」

「一緒《いっしょ》に食事しようと言ってもらったことなんて、はじめてだって」

「あ、あれ？　あれはただ、わたしが寂《さび》しくて誘《さそ》っただけなんだけど」

ダナのいるだろう台所の方へ視線を向ける。と、台所の出入り口のあたりに、ちらちらとオレンジ色の髪が見え隠《かく》れしていた。髪の毛の先でさえ、恥ずかしそうにしている雰囲気《ふんいき》が愛らしい。そちらに聞こえるように、はっきりと言った。

「わたし、誰かと一緒に食事するの好きよ。だからこの食卓《しょくたく》で食事できないって言うなら、その森へピクニックに行って、一緒に昼食でも食べようね。……って、ダナに伝えて」

見え隠れしているオレンジ色の髪が、ぴたりと動きを止めた。そしてあせったように、奥へ引っこんだ。ハルもそれには気がついているらしく、苦笑した。

「わかりました」

そしてふと、アンが読んでいる本に目を落として、眉《まゆ》をひそめた。

「大変なものを読んでますね」

「ハル、読める？」

「いいえ。こういうものは、きちんと学校に通って真面目《まじめ》に勉強した人か、もしくはそうとうなお年寄りでないと読めないでしょう。うちなら、きちんと学校に行っていたのは、オーランドお嬢さんくらいしかいないですが。僕は無理です」

残念そうに言うと、ハルは台所に帰って行った。

「そうか。ブリジットさんは、読めるんだ。頭良さそうだものね」

アンは、食堂から続く廊下《ろうか》の方を見た。廊下の向こうには、ブリジットの部屋がある。

ふと、思いつく。

——頼んでみようかな。あの砂糖菓子を渡《わた》して、読んでくださいって。

お礼という形であれば、ブリジットも砂糖菓子を受け取ってくれるかもしれない。

アンは毛布から脱皮《だっぴ》よろしく抜《ぬ》け出すと、部屋に帰った。ミスリルはぐうぐう寝《ね》ていたが、シャルは起きていた。アンが窓辺の砂糖菓子を手にするのをけげんそうに見ていたが、何も訊《き》かなかった。

アンはまた、一階にとって返った。

翡翠《ひすい》色の小鳥を右手に、左脇《わき》に古い日記を抱《かか》えて暗い廊下を進んだ。ブリジットの部屋の前に来ると、大きく息を吸った。自分が顔を見せれば、いやな思いをさせてしまうかもしれない。けれど彼女の手に、砂糖菓子は渡したかった。

意を決して、ノックした。反応はない。もう一度ノックすると、扉《とびら》のすぐ向こう側から探《さぐ》るような声がした。

「誰?」

名乗る前に、扉の向こうからわずかな期待がにじむ声で問われた。

「シャル?」

弱々しく問う声に、胸がずきりとした。恋《こい》した人がもしかしたら来てくれるかもしれないと、ブリジットはずっと淡《あわ》い期待を抱《いだ》いているのだろう。

無理だとわかっていても期待を抱く。誰だって、そういうものだ。

「アンです。……ごめんなさい」

告げると、扉の向こうの気配が緊張《きんちょう》したのがわかった。

「すみません。あの、手伝って欲しくて。ブリジットさんに」

するとゆっくりと扉が開いた。ブリジットは無表情で、白茶けたひどい顔色をしていた。

「手伝い？」

「今、ペイジ工房派の歴代の長《おさ》の日記を読んでいるんですけど、難しくて。ハルに訊いたら、きちんと学校に通って真面目に勉強してたブリジットさんなら、読めるんじゃないかって。わたし、ちゃんとした学校に通ったことないし。勉強嫌《ぎら》いで、休日学校すらサボってたし」

「わたしだって、勉強が好きだったわけじゃないわ。ただわたしはペイジの娘《むすめ》だから、無様なことはできなかっただけよ」

言うとブリジットは、ちょっとだけ口もとを歪《ゆが》めて笑った。

「それで、なに？　手伝ったらシャルがこの部屋に来てくれるのかしら？」

「それは、シャルの自由だから。シャルが来たいと思ったら、来ると思うし。わかりません。でもお礼に、これさしあげます」

手にしていた緑色の小鳥の砂糖菓子を、ブリジットの前に差しだした。

ブリジットははっとしたように、それを見た。けれどすぐに視線をそらした。

「シャルが絶対に来てくれるのじゃない限り、手伝わない」

「そっか……。でも。この砂糖菓子だけはさしあげます。ブリジットさんのために作ったから」

自分のためといわれて、ブリジットは目をしばたたいた。しかしまた、顔を背《そむ》ける。

「いらないわ」

「さしあげます。いやなら、壊《こわ》して捨ててください」

「砂糖菓子《がし》を壊せるわけないでしょう!? だから受け取れないのよ。絶対受け取らない」

ブリジットは、アンの鼻先で乱暴に扉を閉めた。

「当然よね」

しょんぼり呟《つぶや》いた。それでもこの砂糖菓子が、ずっとアンの部屋にあるのも可哀想《かわいそう》だった。扉の脇にしゃがむと、そこに砂糖菓子を置こうとした。いやならブリジットが、誰《だれ》かに頼《たの》んで処分するだろう。

「なにしてんだ」

背後から押し殺した声がした。驚《おどろ》いて砂糖菓子を持ったまま立ちあがり、ふり返った。

暗い廊下にいるのは、オーランドだった。彼の視線は、アンの手に釘付《くぎづ》けになっていた。緑色の小鳥の砂糖菓子を見ている。しかしアンの視線も、オーランドの手もとに吸い寄せられた。彼の手にも、可愛《かわい》らしい仔猫《こねこ》の砂糖菓子がある。

「それ……砂糖菓子」

アンが口にした途端《とたん》、オーランドは自分の手にあるものを、しまったと言いたげに見おろした。それから狼狽《ろうばい》したようにアンの手をとると、彼女を引っぱってずんずんと歩き出した。食堂を抜け玄関《げんかん》を出てから、後ろ手に扉を閉めた。

玄関ポーチで、彼はようやくアンの手を離《はな》した。

「オーランド、あんなところでなにしてたの？ その砂糖菓子は？」

「あんたこそ、なにしてたんだ？」

「ブリジットさんに、日記を読むの手伝ってもらおうと思って。そのお礼に砂糖菓子を渡そうとしたけど、断られたから。砂糖菓子だけでも受け取ってもらいたくて、あそこに置こうと」

「あんたほんとうに、おめでたいな。手伝うわけないし、受け取るわけないだろう」

「でもオーランドも、それブリジットさんにでしょ？」

この工房《こうぼう》の人は、誰もブリジットのことを気にしていない。そう思っていたから、アンはすこしだけ嬉しかった。その表情を見て、オーランドは不機嫌《ふきげん》そうに答える。

「これはただ、詫《わ》びだ」

「お詫びって、そんなひどいことしたの？」

問うと、オーランドは沈黙《ちんもく》した。彼得意の黙《だんま》りだ。

欠けた月の光はそれでも闇《やみ》をうっすら照らし、ざわざわと草葉が鳴る草原がポーチから見渡《みわた》せた。空気は冷たい。星の光は射《さ》すように鋭《するど》い。すぐに手足が冷たくなる。

アンがじっと答えを待っていると、根負けしたらしく、オーランドは口を開いた。

「シャルの羽を盗《ぬす》んで、グレンさんの枕元《まくらもと》に置いたのは俺だ。その詫びだ」

「あれ、オーランドだったの!?　なんで、ていうか、どうしてあの場所知ってたの!?　ブリジットさんは誰も知らない場所って言ってたのに」

「忘れてるだけだ」

オーランドは溜息《ためいき》をついた。

「昔。あの子が小さかった頃《ころ》は、よくあの子と遊んでた。その時に、秘密の宝の隠し場所だとかで、俺にあの場所を教えてくれた。自分も将来は砂糖菓子職人になるから、俺とは仲間だ。だから、秘密を分かちあうんだと言ってた。朗《ほが》らかで、いい子だった。今とは違《ちが》う。今のブリジットは、最悪だ。やることなすこと、目に余る。見ていて苛々《いらいら》する。シャルの扱《あつか》いにしてもそうだ。だから羽を盗んで、グレンさんに渡した」

「ブリジットさんは、砂糖菓子職人になりたかったのよね？　ブリジットさんが変わったのは、砂糖菓子職人になることを禁じられたから？」

グレンと初対面の時、グレンがブリジットに言って聞かせた言葉を思い出す。アンはよくても、長の娘として生まれたブリジットは砂糖菓子職人にはなれないと言っていた。

「わたしは働かせてもらえるのに、長の娘はだめだっていう理由がわからない。長の娘なら、わたしみたいにいやな思いをしないでも、自分の工房で修行《しゅぎょう》できるでしょう？　グレンさんが認めてくれればいいだけじゃない」

「一職人として、生涯《しょうがい》ペイジ工房の中でだけ仕事をするなら問題ない。けど長の子供が砂糖菓子職人になったら、その実子をさしおいて、他《ほか》の連中が工房を継《つ》ぐことはできない。なら、女で長になるか？　長になれば、工房の中だけで事は終わらない。世間に出る必要がある。ペイジ工房派が他の派閥《はばつ》から軽《かろ》んじられないように、立ち回るんだ。あんたラドクリフ工房で作業したならわかるだろう。女で長になって、他の工房と渡り合うのは簡単か？」

砂糖菓子職人の世界で、女に対する風当たりは厳しい。それはアンも身をもって体験した。

女の身で長になり、工房を継ぎ、工房を存続させる。

それには、どんな困難があるのか。考えるのも嫌《いや》になるほどだ。

「本工房が存続できなければ、派閥が消滅《しょうめつ》する。ペイジ工房派配下の工房は、無派閥になり苦労を強《し》いられる。だから工房を存続させるために、安全な道を選ぶ必要がある。女の長をあえて立てるような危険は避《さ》ける。そして親なら娘に、並外れた苦労を背負わせたくないだろう」

——なんでだろう？

胸の内に、突然《とつぜん》の雨に降られずぶ濡《ぬ》れになってしまったような、やるせなさを感じる。

——なんでいろんなことが、うまくいかないの？

グレンは娘のブリジットを愛している。だからこそ、娘に苦労をさせたくない。工房の存続のことも考えれば、ブリジットに砂糖菓子職人の道を諦《あきら》めさせることが最善の策だった。

グレンは大切なものを愛していて守りたいからこそ、考えた。けれどブリジットはそのために、夢を奪《うば》われた。悪意があるわけではない。愛情があるからこそ、物事が歪む。

シャルも、アンのために自由を売り渡《わた》した。けれどアンはそんなことは望んでいなかった。

彼の羽が他人の手に渡って、使役《しえき》される者の立場にいることが、今もひどく苦しい。

それぞれの思いと現実とが、うまくかみ合わない。

複雑な思いと現実に折り合いをつける方法を、誰も持ち合わせていない。

どうして世の中には、こんなに理不尽《りふじん》なことばかりが多いのだろうか。

ふと、手の中の重みが気になった。なにげなく目をやる。

そこにあるのは、砂糖菓子だ。

『だから、砂糖菓子があるんでしょう?』

ふいに、声が聞こえた気がした。手の中の翡翠色の小鳥が、そう囁《ささや》いた。

その囁きが、心の中にすとんと落ちた。理解できなかった自分の中に根をはる気持ちが、くっきり見える。

「だからよね」

折り合えない様々なことがあるから、願うしかないのだ。思いをこめて、幸福が訪《おとず》れるようにと。そして砂糖菓子には、わずかでもその力がある。

「だから、作るしかないのね。だからわたし、作りたいんだ」

王家勲章《くんしょう》を手にしてから疑問に感じていた、自分が砂糖菓子を作りたいと思う理由。

その理由が心の中に浮《う》かびあがり、姿を見せる。

アンは無力だ。それを身に染《し》みて知っているから、作りたくなる。作るしかない。だから砂糖菓子を作り続けたいのだ。

銀砂糖師は幸福を呼ぶ砂糖菓子を、最も美しく作ることができると認められた称号《しょうごう》。美しい砂糖菓子には、強い力が宿る。だからアンは銀砂糖師になりたかった。

自分が無力だからこそ、自分が摑《つか》みうる精一杯《せいいっぱい》の力を摑みたかった。

死んでしまったエマのかわりに一緒《いっしょ》にいてくれる、シャルとミスリル。

なんの見返りがなくとも親切にしてくれるキースやキャットやヒューのような人たち。

風見鶏亭《かざみどりてい》の女将《おかみ》さんや、哀《かな》しい目をした公爵《こうしゃく》。

必要な人、好きな人、優《やさ》しい人、親切な人、哀しい人。そんな人たちと触《ふ》れあうたびに無意識に願っていた。守りたい、役に立ちたい、助けたいと。だから力が欲しかった。

誰かのために、精一杯の力を摑みたかった。

オーランドの手の中にある砂糖菓子に目を移して、アンは訊《き》いた。

「それ、オーランドが作ったのよね」

「……」

「ブリジットさんのためにでしょ？」

ブリジットのことを最悪だと罵《ののし》り、彼女からシャルの羽を盗みながらも、オーランドはこの砂糖菓子を作った。ただの罪悪感からかもしれないが、すくなくともブリジットを思いやる人がここにいることになんだかほっとする。

オーランドの沈黙に、アンは苦笑《くしょう》した。

オーランドはよく黙る。それは嘘《うそ》や誤魔化《ごまか》しを口にしたくないからなのかもしれない。素直《すなお》に認めたくないことなら、沈黙するしかないのだろう。

「オーランドって、強くて迫力《はくりょく》のある物が好きそうよね。あの馬の砂糖菓子もそうだったし、祖王の砂糖菓子なら強さが表現できるとか言ってたし。でもその仔猫は、まるまるしてて可愛い。わたしそれ、あの馬の砂糖菓子より好き。自分が作りたいものじゃなくても、素敵《すてき》に作れるのね。誰かのためなら、自分のためよりも素敵に作れる」

アンの言葉に、オーランドがわずかに目を見開く。

「誰かのために?」

問い返されて、アンもはっとする。

「あ……そうか」

誰《だれ》かのために自分が作りたいと思えれば、自分のために作るよりも、もっと工夫《くふう》し、集中し、できばえに気を遣《つか》う。

ペイジ工房派の信念は、職人の作りたいものを作るということ。

作りたいものを作る。

その単純な教えが包みこんでいた真実が、長い歴史の中で欠落したのかもしれない。

言葉の額面通り、職人がただ、職人の作りたいものを作ると、解釈《かいしゃく》してはいけないのかもしれない。その真意は「誰かのために、作りたいものを作る」だったのではないだろうか。

それがすこしずつ歪《ゆが》んできたのは、職人の自信と歴史と傲慢《ごうまん》だろうか。

そして結果、ペイジ工房の砂糖菓子《がし》は人を惹《ひ》きつけなくなっていった。

職人は誰かのために作りたいから、作る。自己満足のためだけではない。

「オーランド。わたしたちのこの砂糖菓子、ブリジットさんに渡そう。だってブリジットさんのために作ったものだから」

「ブリジットが受け取るはずはない。扉《とびら》の外に置いておくのがせいぜいだ」

「うん。それでいい。そうしよう。そして、ねぇ、オーランド。選品の砂糖菓子をもう一度、みんなで考えよう。自分の作りたいものじゃなくて、誰か自分の大切な人が、新聖祭の聖ルイストンベル教会を礼拝して、その砂糖菓子を見て、喜んでくれるような。そんなもの。その人が喜んでくれるって思ったら、作りたくならない？」

オーランドはしばしの沈黙の後、答えた。

「そうかもな」

翌朝。朝陽《あさひ》がゆっくりと丘《おか》の向こうから顔を出し、露《つゆ》で濡れた草原をきらきらと照らしはじめる。うすく霧《きり》が流れていた。

アンはミスリルとともに、作業棟《とう》に向かった。昨日オーランドとヴァレンタインとアンが、日記から抜粋《ばっすい》した選品に関する記述がメモされている紙の束を手にしていた。作業棟には、四人の職人がすでにそろっていた。

昨夜のうちに、アンは自分で先代長の日記二冊はなんとか読み終えた。残るは古語で書かれた一冊だったが、それはシャルが読んでメモを作ってくれたのだ。古語と格闘《かくとう》していたアンだったが、真夜中過ぎにシャルが食堂にやってきて、難なく読み終えてしまった。呆然《ぼうぜん》としたが、よく考えればシャルは百年以上生きているのだ。彼には馴染《なじ》みの言葉も多かったらしい。

寝不足《ねぶそく》で多少頭はぼんやりしたが、気持ちはすっきりしていた。

一つの作業台に四人の職人を集めると、アンはその上にメモを置いた。

「昨日、日記を読んで選品に関する記述を抜《ぬ》き出してもらったの。読んでもらったらわかると思うけど、選品の制度ができあがったのは、ペイジ工房《こうぼう》の作りたい砂糖菓子と国教会の教父様たちとの意見が度々《たびたび》食い違《ちが》って、トラブルになってたかららしい。そこで国教会は、国教会が納得《なっとく》できる作品を選びたいために、国王に許可を求めて選品の制度を作ったみたい」

それを聞いて、キングが嫌な顔《かお》をする。

「それじゃなにか、俺たちは、国教会の教父たちに媚《こ》びた砂糖菓子を作らなきゃいけないのか」

アンはにっこりした。

「違う。みんなが作りたいものを作ろう。でなきゃ、いいものなんか作れないでしょ？　それがペイジ工房派三百年の伝統でしょう？」

その言葉に、ヴァレンタインとキング、そしてナディールが、それぞれ顔を見合わせた。自分たちの信念を、アンが理解していることが意外そうだった。オーランドだけが、わずかに頷く。

「今回の選品への参加は、グレンさんが決断したことよ。工房を守りたいから、グレンさんはルールを破ってくれた。わたしたちが失敗したら、恥《はじ》をかくのを承知で。だからわたしたちは、グレンさんのために、この工房を続けるために、作ろうと思うの」

順番にみんなの顔を見て、ゆっくりと告げた。

「国教会に媚びる必要はない。けど、グレンさんのために作るの。グレンさんが喜んでくれるものを」

ナディールが、苦笑いする。

「俺たちなんかの作ったものみて、グレンさん喜んでくれるかな？　俺、いいできだって賞《ほ》めてもらえることはあってもさ、グレンさんが喜んでるな、って思ったことないからな」

「だったらよけい、喜んでもらえたら嬉《うれ》しくない？」

「そりゃ、嬉しい。作れるもんなら作りたいよ」

「作れたらいいんじゃないの。作るの。聖ルイストンベル教会で、グレンさんがペイジ工房に新しい幸福が訪れるように、祈《いの》ってくれるのだって思って。グレンさんが、美しいって言ってくれるようなもの。グレンさんが好きで、聖ルイストンベル教会祭壇《さいだん》に飾《かざ》られて誇《ほこ》らしく思えるようなもの」

厳《おごそ》かな新年を迎《むか》える儀式《ぎしき》に供えられる、幸福を呼ぶ砂糖菓子。聖ルイストンベル教会の聖堂で、それを目にしたグレンが誇らしくなるような砂糖菓子。

自己満足のための砂糖菓子ではなく、誰かの喜びを誘《さそ》う砂糖菓子。

それであれば間違《まちが》いなく、国教会の意にも添《そ》うはずだ。教父たちもその儀式で、その場所で、それを目にするのだ。その場を引き立て、作ったことを誇れるような砂糖菓子が、教父たちの心を惹きつけないはずはない。それがたとえ定番の砂糖菓子でなくとも、かまわない。

教父や国教会に媚びる必要はない。ただグレンがその場にいて、それを目にして、誇らしく思い、厳粛《げんしゅく》さを感じて喜んでくれればそれでいい。

「新聖祭か」

ふいにキングが言った。なにか思い出すような、遠い目をしていた。

「新聖祭の夜、グレンさんはいつも雪が降ればいいと言うぜ。雪は世界を真っ白にして、新しい世界を連れてきてくれる。だから新聖祭の夜に雪が降ると、厳粛な心持ちになるってな。昔何回も、新聖祭の夜に聞かされたぜ。『雪が降ればいいな。新しい世界が来る』ってな」

アンは真っ白な雪に覆《おお》われた、聖ルイストンベル教会の姿を思い出した。

雪が白ければ白いほど、聖堂の姿は厳粛さを増すようだった。雪にはうんざりしているルイストンの人たちも、新聖祭の夜の雪には文句を言わない。

「グレンさんは常緑樹の林の葉が、雪で真っ白になる砂糖菓子をよく作ってた。好きなモチーフだと言ってた。聞いたことがある」

オーランドが、ぽつりと言う。

「雪が好きなのね、グレンさん」

聖人や祖王でなくても、華《はな》やかに周囲を彩《いろど》る花でなくてもいい。グレンが雪が好きで、雪の新聖祭を望むなら、雪がなくとも雪を感じるようなものを作ろう。

職人たちは、グレンが雪を好きなのを知っている。それなら雪を作るのが一番だ。

アンは顔をあげて、みんなの顔をもう一度確認《かくにん》するように見回した。

「それならグレンさんの好きな、雪を作ろう」

その時だった。遠くからおーい、おーいと呼ぶ、あせったような人の声が聞こえてきた。

一斉《いっせい》に声のする方向に顔を向けた。声は徐々《じょじょ》に近づいてきて、はっきりと聞こえ始める。

「大変だ！　コリンズさんが大変だ!!」

作業棟の軒先《のきさき》でさえずる小鳥の声が、驚《おどろ》いたように途切《とぎ》れた。

六章　雪

母屋《おもや》の玄関扉《げんかんとびら》が激しく打ち鳴らされる。

「ペイジさん！　大変だ」

その声はミルズフィールドの市街地から、毎朝ミルクの配達にやってくる少年のものだった。

切迫《せっぱく》した声に、アンとミスリル、四人の職人たちは作業棟を飛び出した。

作業棟を出て母屋の玄関を見ると、少年が必死の形相で扉を打ち鳴らし、呼び続けている。

そしてその肩《かた》に担《かつ》がれているのは、ぐったりとしたエリオットだ。

「コリンズさん！」

アンは悲鳴をあげた。四人の職人たちが駆《か》けだしたので、アンもそれに続いた。

「おい、どうした!?　エリオット！」

キングが声をかけると、少年がこちらに気がついて顔を向けた。

その時母屋の扉が開き、シャルが姿を見せた。少年とエリオットを目にしたシャルは、今にもずり落ちそうなエリオットの脇《わき》の下を支える。ゆっくりとエリオットの様子を確認するように、強《こわ》ばった少年の体からエリオットの体を受け取った。

アンたちは息を切らしながら、玄関先に到着《とうちゃく》した。

シャルが支えているエリオットの状態が、はっきりと見て取れた。

額からわずかに血が流れている。脇腹あたりには浅く斬《き》られた傷があり、じわじわと出血している。意識はない。その傷を見て、シャルが眉《まゆ》をひそめ呟《つぶや》く。

「鋭《するど》すぎる」

オーランドはしばらく呆然としていたが、すぐにはっとしたように少年の肩を揺《ゆ》すった。

「どうしたんだ、これは！　おい」

「し、知らないよ。俺ミルクを配達しようとしてて、ここまで来たら。そこの坂道の入り口に馬車があって。そのそばにコリンズさんが倒《たお》れてたんだよ。怪我《けが》してるよコリンズさん。どうしよう、俺、街に帰って医者呼んでこようか？」

「悪い。頼《たの》む」

少年は駆けだした。オーランドは、シャルが支えているのとは逆の肩を支えた。

と、その時。客間の方から、小さく悲鳴が聞こえた。見ると客間の出入り口に、ブリジットがいた。両手で口を覆い、目を見開いている。

「とにかくエリオットを、部屋に運ぶ。アン。ダナに頼んで、湯を沸《わ》かしてもらってくれ。それから清潔な布を、なんでもいいからエリオットの部屋に持ってこい」

オーランドに命じられ、アンもようやく、まともに頭が動き始めた。頷《うなず》くと、ブリジットに駆け寄った。

「ブリジットさん。わたし布のある場所とかわからないんです。手伝ってもらえますか？」

ブリジットはかすかに震《ふる》えていたが、それでもアンに頷いて見せた。

程《ほど》なくして医者が到着し、エリオットの傷の手当てをした。

幸いたいした怪我ではなく、十日もあれば傷はふさがるとのことだった。

ブリジットはアンと一緒《いっしょ》に、ダナに沸かしてもらった湯を運び布を運ぶと、部屋から立ち去らなかった。心配そうに、じっと部屋の隅《すみ》にいる。

オーランドとアンも、その場から離《はな》れられないでいた。

エリオットの意識が戻《もど》ったのは、昼近くだった。ぽかりと目を開けた彼は、覗《のぞ》きこむオーランドとアン、そして部屋の隅にいるブリジットを順繰《じゅんぐ》りに見て呟いた。

「あ……、生きてるわけね、俺」

「なにがあった。エリオット」

オーランドが訊《き》くと、エリオットは痛そうに顔を歪《ゆが》めた。

「昨日は、日帰りでルイストンに行ったんだけどね。帰り道。夕方だったけど、まだ日はあったのにな。襲《おそ》われた」

「強盗《ごうとう》か？」

ルイストンからミルズフィールドに至る道は、交通量も多く比較的《ひかくてき》安全な道として知られている。強盗や野獣《やじゅう》の被害《ひがい》は、ほとんど耳にしない。

「なにが目的かわからない。急に襲ってきた。農家が途切れて人通りがなくなったのを見計らったように、道に出てきて。フードを被《かぶ》ってたから顔は見えなかった。妙《みょう》な奴《やつ》で、俺から銀砂糖の香《かお》りがすると言って、銀砂糖師かと訊かれた。違《ちが》うと言ってやったけどね」

　そこでエリオットは軽く笑って、いててと呻《うめ》いた。痛みが治まると、エリオットは深く息を吐《は》いて続けて言った。

「そしたら、突然《とつぜん》斬りつけやがった。夢中で馬車を走らせて、工房《こうぼう》の近くまで帰ったことは覚えてるんだけどねぇ。それはそうとさ」

　エリオットは毛布から手を出して、部屋の隅にいるブリジットに向かって振《ふ》った。

「こっち来てよ、ブリジット。心配してくれた？　俺の看病はしてくれる？」

　心配そうにエリオットの様子を窺《うかが》っていたブリジットだったが、声をかけられると顔を背《そむ》けた。そしてすたすたと部屋を出て行ってしまった。


　エリオットの部屋の扉《とびら》を睨《にら》みながら、シャルは腕組《うでぐ》みして廊下《ろうか》の壁《かべ》にもたれていた。

　医者が帰り、部屋の中にはアンとオーランド、ブリジットだけがいる。他《ほか》の職人連中は作業棟《とう》に帰っていた。

　昼頃《ごろ》、ブリジットがエリオットの部屋から出てきた。出てきた途端《とたん》、廊下にいるシャルを目にしてびくっと身をすくませ、立ち止まった。

　無表情に見つめていると、ブリジットはわずかに視線をそらしながら訊いた。

「傷は見ている。たいしたことがないのはわかってた。奴に、

「確認《かくにん》したいことがあるだけだ」

「なら、入ればいいわ。エリオット、目を覚ましたから」

壁から背を離して歩き出すと、その手を、ブリジットがひきとめるように握《にぎ》った。

「待って。シャル。わたしの部屋には、もう来てくれない？」

「義務はない」

「義務じゃなくても、お願いしたら。来てくれない？」

すがるように見あげられて、シャルは溜息《ためいき》をついた。彼女が子供のように、何も分かっていないことが哀《あわ》れですらあった。ゆっくりと彼女の手を離させると、静かに告げた。

「もっと学べ」

意味がわからないらしく、ブリジットはきょとんとしていた。

シャルは扉をノックして、エリオットの部屋に踏《ふ》みこんだ。

入ってきたシャルを見て、アンが微笑《ほほえ》んだ。

「シャル、心配してた？　コリンズさん、大丈夫《だいじょうぶ》よ。気がついた」

「こいつの心配はしてない」

エリオットはベッドの上から、情けない声を出す。

「ひどいね、シャル。口先だけでも、心配してたとか言えないわけ？」

「おまえじゃあるまいし。それよりも、訊きたいことがある」

シャルはエリオットの枕元《まくらもと》に立った。

「その傷。やったのは妖精《ようせい》か？」

「妖精かどうかは、わかんないなぁ。フード付きのマントを着てて、顔も見えなきゃ服装もわかんないからね」

「強盗か？」

「さっきも言ってたんだけど、目的はわからない。けど俺から銀砂糖の香りがすると言われた。それで銀砂糖師かって訊かれて、違うって嘘《うそ》ついたら、斬りかかってきた」

アンが不安そうに、シャルの上衣《うわぎ》の裾《すそ》を引っぱった。

「ねぇ、なんなの？　何か知ってるの？」

「こいつの傷は、人間の作った刃物《はもの》で斬られたものじゃない」

母屋に担ぎこまれたエリオットの腹部の傷は、浅く真横に斬られた傷だった。彼の傷は、人間が作る刃《やいば》ではありえない鋭さだった。人間が作る刃以上の切れあじをもつのは、貴石の妖精が作り出す刃のみだ。

シャルは軽く右掌《てのひら》を広げた。そこに意識を集中すると、周囲から光の粒《つぶ》が寄り集まってきた。そしてまたたく間に、白銀の刃の形になる。

エリオットとオーランドは、目を丸くしていた。

「愛玩妖精《あいがんようせい》じゃないのか？」

オーランドが、呆然《ぼうぜん》と言った。

「な～んか違うとは思ってたけど、戦士妖精かよ。知らなかったってのは、ぞっとするな」

エリオットが苦笑《くしよう》した。勝手な勘違《かんちが》いはいつものことなので、シャルは気にせず、手にした刃をエリオットの顔の前に近づけた。

「これに似た輝《かがや》きのある刃物で斬られたか？」

目の前に突《つ》きつけられている刃をじっと見て、エリオットは頷いた。

「輝きが似てるな。けどこんな、白銀じゃない。赤みのある銀色だ。実は、よく見えなかったんだけどね。相手との距離《きょり》はかなりあったはずなんだが、風を切るような音と、赤みのある銀色の光が目の端《はし》に見えただけだ」

刃をひき、手をふってそれを消滅《しょうめつ》させるとシャルは断言した。

「こいつを斬ったのは、妖精だ。間違《まちが》いない」

「誰《だれ》かが妖精を使って、コリンズさんを襲わせたの？」

アンは眉根《まゆね》をきつく寄せている。

「かもしれんな」

嫌《いや》な予感がした。

――銀砂糖の香《かお》りか。

妖精が問いかけたというその言葉が、ひどく不吉《ふきつ》に思えた。

「ま、誰になんの目的でやられたかなんて、いいさ。命は助かったしな」

エリオットは片目をつぶった。

「ブリジットにふられたから、俺の看病はダナに頼《たの》む。俺はいいから、さっさと行けよオーランド、アン。こんなところであぶら売ってる場合じゃないだろ。選品まであと十一日だ。グレンさんの決断を無駄《むだ》にするような、無様な結果は出さないでよね。お仕事してね」


「エリオットが？」

エリオットの怪我《けが》の報告に行くと、グレンはベッドから起きあがろうとした。

アンはあわてて、それを押しとどめた。

「大丈夫です。怪我はたいしたことなくて、十日もあれば傷は良くなるそうですし」

グレンは再び枕《まくら》に頭を沈《しず》めた。そして右掌を額に置くと軽く目を閉じる。痩《や》せた手首が、彼の衰弱《すいじゃく》を物語っていた。

「わたしがこんな体でさえなければな。エリオットは、まだ若い。銀砂糖を触《さわ》りたいだろうに。わたしのかわりに雑事ばかりをやらせているから、こんなことに」

「それとこれとは、関係ないです。いずれコリンズさんが長《おさ》になるなら、代理の仕事は当然だし。それに、コリンズさんは立派にその自覚があるから、代理をしているんだと思います」

「なぜそう思う」

「追い出されたんです、今。オーランドとわたし。看病はダナに頼むから、行けって。選品で無様な結果は出すなって。仕事しろって」

「あんな子供が、立派になるものだな」

グレンはふっと笑ったあと、表情を曇《くも》らせる。

「エリオットにブリジットを託《たく》せれば、わたしにはもう心配はなくなる。だが、うまくいかないものだね。ブリジットだけが、いまだに子供だ。あれではいかんともしがたい」

そう言いながらも、グレンが最も愛し気にかけているのはブリジットだ。どうでもいいと思っていれば、こんなに気に病《や》むこともないだろう。ヒューを養子にしたというマーキュリー工房派の前長のように、さっさとエリオットを養子にすればいいだけの話だ。

グレンの表情と、エマの表情がだぶって見える。親の顔だ。

「すこしずつ、なんとかしていけます。なんとかしようと思えば」

「根拠《こんきょ》は？」

「ないです」

アンは肩《かた》をすくめた。

「でも、なんとかできると思って、なんとかしはじめないと、変わらないから」

グレンは目を丸くしたあと、声を出して笑った。

「なるほど。さあ、エリオットも言ったように、作業に戻《もど》ってくれ。わたしに恥《はじ》をかかせるな」

「はい。誇《ほこ》れるものを」

アンは、グレンの部屋をあとにした。

作業棟《とう》にまっすぐ向かった。職人たちとミスリルは、オーランドからエリオットの状態を聞いたらしく、安堵《あんど》した様子だった。

「みんな、コリンズさんの怪我のこと、聞いたよね」

問うと、キングがさも迷惑そうに顔をゆがめる。

「大騒《おおさわ》ぎして損したぜ。エリオットの野郎《やろう》、さすがにしぶとくて頑丈《がんじょう》だな。十日でよくなるってな。もうちょっと長く寝《ね》てりゃ、静かなのによ」

冗談《じょうだん》めかして悪態をつくが、実はエリオットが怪我をしたのを見て一番狼狽《ろうばい》していたのはキングだった。さっきは、顔面蒼白《そうはく》だったのだ。長身強面《こわもて》の彼が、実は五人の職人の中で一番繊《せん》細《さい》で優《やさ》しいのかもしれない。

「選品には間に合う。長の代理として、聖ルイストンベル教会へ行ける。だからコリンズさんにも、グレンさんにも言われちゃった。無様な結果は出すな。恥をかかせるなって」

作業棟の壁際《かべぎわ》に並べられた銀砂糖の樽《たる》に近づくと、アンはそれに手をかけた。

「作ろうね」

そして、顔をあげた。

作業台の前に座るキングを見た。次に、石臼《いしうす》のそばに座りこんでいるナディールを見た。その後ろに静かに立っているヴァレンタインを見た。壁際に立つオーランドを見た。竈《かまど》の上で箒《ほうき》を抱《かか》えているミスリルを見た。

すべては、アンに任されている。指示を出すべき時だ。

「準備を始めよう。キングは銀砂糖二樽を作業台の近くへ運んで。ヴァレンタインとナディールは、井戸《いど》から冷水をくんで。オーランドは細工の道具類をそろえて。ミスリルは、色粉の瓶《びん》を、入り口側の作業台の上に全部出して。お願い」

全員が頷《うなず》いた。

「準備が整ったら、作業に入る」

その言葉と同時に、職人たちは動き出した。

澄《す》んだ冷水がくみあげられ、運ばれてきた。銀砂糖の樽の蓋《ふた》が開かれ、作業台には色粉の瓶がずらりと並んだ。

アンと四人の職人とミスリルが、一つの作業台を囲んだ。

「雪を作るのか？」

オーランドが、不安そうに訊《き》いた。

「どうやって表現するつもりだ？　あんな形のないもの」

アンは首をふった。

「雪に、形はある」

アンの心に浮《う》かぶ雪は、見あげた空からゆっくりと降る雪だった。

ふわふわと力もなく、掌《てのひら》で簡単に溶《と》けてしまうくせに、いつの間にか世界を覆《おお》う。

まるで砂糖菓子《がし》だ。

なんの力もないように思えるのに、小さな幸福を招く力がいつか大きな力になる。

去年の冬。風見鶏亭《かざみどりてい》でシャルとミスリルとともに過ごした冬に、雪はたくさん見た。窓ガラスにはりついた大粒《おおつぶ》の雪は、見事な結晶《けっしょう》を作った。鋭《するど》く六方に突き出し枝分かれした形で、その内部はレース編みのように複雑可憐《かれん》で、きっちりとした規則性を持っている。

一瞬《いっしゅん》の晴れ間に輝く結晶は、その光の熱でまたたく間に消える。光に結晶が輝く様を、ずっとつなぎ止めておけたらどんなにいいかと思った。

「結晶」

その言葉に、四人の職人たちが顔を見合わせた。

アンは石の器《うつわ》を樽に入れると、銀砂糖をすくいあげて作業台の上に広げた。

「大きさとか、形を決めよう。みんな自分の考える結晶を作ってみよう。それでみんなの作ったものを比べて、結晶の形を決めよう」

「それから、どうするんですか？」

ヴァレンタインの問いに、アンは答えた。

「やってみてから考える」

それを聞いて、キングが爆笑《ばくしょう》した。

「いい加減だな、おい。職人頭！」

「駆《か》け出しだもの」

気負いなく、笑顔で答えることができた。オーランドもちょっと笑った。けれど無言で石の器を手に取ると、樽の中から銀砂糖をすくいあげた。

各々《おのおの》の職人が、手を冷水で冷やす。そして自分の目の前にある銀砂糖に冷水を加え、練りだした。額を寄せあう職人たちの手の動きは、なめらかだった。無駄なく適度な力が加わり、みるみる銀砂糖がまとまって艶《つや》を増す。

アンは銀砂糖を薄《うす》くのばすと、掌ほどの大きさに切り分けた。へらを手に、優雅《ゆうが》な突起《とっき》が六方にのびる形を切り出す。そしてさらに、枝分かれをする中心に、放射状の幾何《きか》学《がく》模様を切り出した。

ナディールは針を使っている。例によって作業台に顔をくっつけるようにして、掌大の薄い六角形を作っている。その六角形の中に彫《ほ》りこまれた模様は、目をこらしてようやくはっきりわかるほどの細かさだ。複雑な規則性を持った模様だ。

ヴァレンタインもアンのとよく似た、六方に鋭く突起がのびる薄い形だ。切り出された突起の形は鋭く、それだけではっとするほど整っている。切り出された形には、まんべんなく幾何学模様が刻まれている。

キングの形は、薄く装飾的《そうしょくてき》な枝状のものを、十二本放射状に並べ、中心部でくっつけてあった。アンと同じくらいの大きさだ。けれどほんのりと、薄青《うすあお》や淡《あわ》いピンク色に染まっていた。その繊細で微妙《びみょう》な色合いは絶妙《ぜつみょう》で抜群《ばつぐん》の色彩《しきさい》感覚を感じさせた。

オーランドの形は、アンと似ていた。形は似ているが、表面に凝《こ》った意匠《いしょう》はまったく施《ほどこ》されていない。ただ完璧《かんぺき》なまでになめらかだ。そしてかなり大きさがあり、人の顔ほどもある。その大きさにすると、薄さを考えれば簡単に砕《くだ》けてしまいそうなものだが、練りの方法に工夫《くふう》があるのか、形はしっかりとしていて、手で持ちあげても簡単に砕けることはなかった。

それらは大きさも色も形もまちまちであったが、確かに雪の結晶とわかる。実際に結晶として存在しない形もあるだろうが、雪に対して人が持つイメージを、確実に捉《とら》えている。幾通《いくとお》りもの結晶があり、それが次々に作られ、作業台の上にどんどん広げられていく。

作業台を埋《う》める結晶の、数。それには集積するものの美しさがあった。

個々にも美しい結晶は、集まれば集まるほど、迫力《はくりょく》もある。輝《かがや》きも増す。それこそ雪の性質だろう。

作業台を見つめて、アンは決めた。

「たくさん作ろう。形と模様は統一して、いろんな大きさと、いろんな色の結晶を作るの。それを組みあげていったら、なにかの形になる」

ナディールが顔をあげる。

「雪の塔《とう》かな」

その言葉に、閃《ひらめ》く。

「そうよ。結晶を組み合わせて、組みあげて。雪の塔を作ればいい」

ぱっと浮かんだイメージを、みんなにどう伝え、意見を求めるべきか。一瞬迷ったが、言葉を探す間もなくヴァレンタインが口を開いた。

「不規則に積みあげれば、内部は蜘蛛《くも》の巣《す》のように構成されて、光が入りますね。向こう側も透《す》けて見えますね。軽《かろ》やかだ」

キングが頷く。

「光が入るなら、色が鮮《あざ》やかに見えるぜ。所々に色をさせばいいぞ」

さらに、オーランドが付け加えた。

「練りに工夫がいる。光を考えるなら、もっと光沢《こうたく》が出るように練りの回数を増やす必要がある」

アンの頭に浮かんだぼんやりとしたイメージが、次々と的確な言葉になって、職人たちの口から出てくる。

——この人たち。間違《まちが》いなく職人だ。

アンは、わずかに身震《みぶる》いを感じた。

——この人たちがいれば、大きな幸福を呼ぶ砂糖菓子が生まれる。

結晶の形をアンは吟味《ぎんみ》した。

光を計算に入れるとするならば、結晶の形と模様は、光の反射を多くするために複雑な方がいい。四人の意見を聞き、六角形の核《かく》を中心に、六方に枝分かれしている形を選んだ。そして六角形の中心部から外側に向けて、レース編みのように繊細《せんさい》で細かく、規則的な模様を彫りこむことにした。その模様は透かし彫《ぼ》りにして、光を通すようにする。

色みは光を反射する純白を基調に、薄い青とほんのりとしたピンク、淡い紫《むらさき》。大きさは人の顔から、掌大まで。それらをとにかく大量に作る。

銀砂糖は、通常の倍以上の執拗《しつよう》さで練る。すると艶と輝き、強度が増す。膨大《ぼうだい》な仕事量だった。練りだけでも単純に、普通《ふつう》の砂糖菓子の倍の時間がかかる。

しかしここには、四人の職人がいる。

練りの技術が優《すぐ》れているオーランドが、銀砂糖を練る。キングも力が強いので、練りの作業にはいる。が彼は同時に、銀砂糖に色みを加える。

キングとオーランドが練りあげた生地《きじ》を、アンとヴァレンタインとナディールが薄くのばす。そして薄い生地をヴァレンタインが、奇跡《きせき》のような正確さで六方に枝分かれした複雑な形に切り出す。その形に、アンは放射状のレース編みのような模様を刻みこむ。さらに六つの枝分かれの先端《せんたん》に、ナディールが針を使って、規則的な模様を透かし彫りする。それにより切り出した形の表面や枝先に光が強く乱反射し、輝きが増した。

ミスリルは、ちょこまかと動き回った。道具を研いだり、色粉の瓶を整理したり、銀砂糖を樽《たる》からくみあげたりしてくれた。たいした働きに見えないが、実際、彼が道具や銀砂糖を持ってくるタイミングが絶妙で、そのおかげで効率があがった。

そして。その日夜半までに作りあげることができた結晶の量は、大小あわせて百個弱だった。

選品に出す作品ともなれば、アンの身長よりも大きなものもあると聞く。結晶を組みあげるとするならば、その数は百や二百では足りない。

「選品まで、あと十日か」

ランプの光の下で、アンは呻《うめ》いて親指を軽く嚙《か》む。

「結晶を組みあげる期間は、二日は必要よね。ルイストンまで行く時間は、一日あればいいから。となると、残りは七日。七百個か。倍は欲しいけど」

呟《つぶや》くと、オーランドが簡単に言った。

「一日二百作ればいい」

驚《おどろ》いて、アンは目を丸くした。

「できる？」

「グレンさんは、半端《はんぱ》なものじゃ喜ばない。倍必要なら、倍の時間働けばいい」

その言葉に職人たちは、こともなげに頷《うなず》いた。

その翌日から、職人たちは作業棟《とう》にランプをともして真夜中まで銀砂糖を触《さわ》り続けた。そして夜明けとともに起き出して、作業棟に集まった。

早朝から、夜更《よふ》けまで。アンとミスリル、四人の職人たちは銀砂糖を練り、細工した。

昼食も夕食も、作業棟の裏手にある、休憩《きゅうけい》のための小さな部屋でとった。小さな部屋に四人がけのテーブルと椅子《いす》が四脚《きゃく》あるだけだ。そこに小さな丸椅子をもう一つ持ちこみ、五人の人間と一人の妖精《ようせい》が、額をよせあうようにして食事をとる。

「狭《せま》くるしい」

オーランドは最初、文句を言った。だがアンは広い食堂よりも、そのせせこましい部屋が気に入った。ぎゅうぎゅう詰《づ》めで食事するのが、どことなく楽しい。だから、

「狭ければ狭いほうがいいものもあるわよ」

と、オーランドに答えた。するとオーランドは、それ以上文句を言わなかった。そして黙々《もくもく》と食べ始めた彼の顔は、それほど嫌《いや》そうではなかった。

ただキングは、アンが隣《となり》に座ると真っ赤になって食事が食べられなくなる。だからアンの方が、彼と隣《とな》り合わせにならないように気をつけた。年頃《としごろ》の女の子の扱《あつか》いに戸惑《とまど》うおじ様たちの気持ちが、すこしだけわかったのがなんとも言えなかった。

そして七日間。

エリオットの怪我《けが》も、日に日に良くなった。しかし彼を襲《おそ》った妖精の正体も目的もわからないままだった。あの事件以来、ルイストンとミルズフィールドをつなぐ街道《かいどう》では、時々砂糖菓子《がし》職人が、何者かに襲われる事件が起きている。

ブリジットは相変わらず部屋に閉じこもりきりだ。アンとオーランドが、彼女の部屋の扉《とびら》前に置いた砂糖菓子はそのままだった。

毎日疲《つか》れきって部屋に帰ると、ミスリルもアンも、泥《どろ》のように眠《ねむ》った。しかしラドクリフ工《こう》房《ぼう》派の本工房にいたときと違《ちが》って、眠りは心地《ここち》よかった。

シャルはそんなアンを、いつものように黙《だま》って眺《なが》めていた。

そして砂糖菓子でつくられた雪の結晶《けっしょう》が、千四百個以上の数になった。大きさはまちまちで、色彩は銀に輝くような白色が八割。あとの二割は、淡い青、ピンク、紫。

九日目から、アンがそれを組みあげた。

職人たちの技《わざ》は、結晶を極限まで薄《うす》く作っていた。下手《へた》な力が加われば、結晶は簡単に折れてしまう。アンの指は、生まれたての小鳥に触《ふ》れるように、静かにやわらかく結晶に触れた。

薄く薄く、複雑に繊細に作りあげられた結晶の形を壊《こわ》すことなく、大きさと色と方向を考えながら、立体的に組みあげる。

四人は四方からそれを注視し、バランスと色合いを確認《かくにん》する。そして次に、どこにどんな大きさの結晶を組みこむか決める。

一度組んでしまった結晶を、再び外すのは困難だった。やりなおしはきかない。

一つ一つ、細心の注意を払《はら》い、その場所に組みこむ結晶の大きさと色を決め、方向を調整する。とてつもない集中力が必要だった。

五人は常に、息を詰めるようにして結晶を見つめていた。

「どう思う？」

踏《ふ》み台に乗ったアンは、手を一杯《いっぱい》に伸《の》ばして最後の結晶を組みこんだ。そして台からおりると、四人の職人たちに視線を向けた。

十日目の夜だった。

作業棟の四隅《よすみ》にランプが灯《とも》され、さらに砂糖菓子の周囲にも五つほどランプが置かれていた。

職人たちは目の前に立ちあがった砂糖菓子を見あげて、それぞれに頷いた。

「文句ない」

オーランドの言葉に続いて、キングが言う。

「大丈夫《だいじょうぶ》だ」

ヴァレンタインが、疲れた顔で笑った。

「これ以上はできませんよ」

ナディールはただ、うっとりしたように砂糖菓子を見あげていた。

その時、作業棟の扉が開いた。

「アン！　連れてきたぞ！」

元気な声で飛びこんできたのは、ミスリルだ。砂糖菓子の完成が近いと感じたアンたちは、ミスリルに頼《たの》んで、母屋《おもや》にいるエリオットを呼んできてもらったのだ。

ミスリルのあとから、エリオットが入ってくる。

「よっ。できたってねぇ、砂糖菓子」

エリオットは額の傷はすっかり治り、腹部の傷もほとんど痛まなくなっているらしい。数日前から、彼は再びギルドの顔役たちとの交渉《こうしょう》を始めていた。怪我は全快したとうそぶいていたが、それでも夜は寒さのために傷が疼《うず》くのか、すこし腹を庇《かば》うようにしていた。

エリオットは砂糖菓子を見るなり、その場に立ち止まった。

「おっと。これは……」

そう言うと、砂糖菓子を見つめる。

続いて誰《だれ》かが作業棟の出入り口に姿を現した。シャルに支えられた、グレンだった。

四人の職人たちは驚き、あわてたようにグレンに駆《か》け寄った。

「グレンさん。こんな寒い夜に、部屋を出たらいけませんよ」

ヴァレンタインが眉《まゆ》をひそめるが、グレンは笑顔《えがお》だ。

「砂糖菓子が完成したのに、寝《ね》ていられると思うか？　わたしが」

シャルにかわって、オーランドとキングが、グレンの体を支えた。彼らはグレンを、エリオットの隣に導いた。

グレンは、砂糖菓子を見た。

その砂糖菓子は、高さがアンの頭の上あたりまである。もみの木のように先細りした円錐《えんすい》だ。大小の雪の結晶が複雑に組み合わされ、それが様々な角度で重なり、塔《とう》のように威厳《いげん》を持って佇《たたず》んでいる。

砂糖菓子としては異例の大きさでありながら、重苦しさがない。それは結晶が組み合わされているおかげで、塔の内部や、向こう側が、透《す》けて見えるからだ。

外から照らされた光は塔の内部に入りこみ、結晶に乱反射して光を増していた。

所々に入れられた淡《あわ》い色彩《しきさい》の結晶が、ふんわりとしたアクセントになる。そしてあらゆる場所で鋭《するど》く光を弾《はじ》くのが、結晶の尖《とが》った先端《せんたん》だ。そこに彫《ほ》りこまれた模様が、他《ほか》の部分よりも強く光をかき乱して輝《かがや》かせる。

「どうですか」

エリオットが、ゆっくりとグレンの方を見る。

「雪の景色だ」

何かを懐《なつ》かしむように、グレンは目を細めていた。

「実際の雪景色は、こんなに美しいものじゃない。けれど思い出の中にある雪というのは、こんなふうに、輝いてる」

それからグレンは、オーランドとキング、ナディールとヴァレンタインを順繰《じゅんぐ》りに見た。そして嬉《うれ》しそうに微笑《ほほえ》んだ。

「わたしは、これが聖ルイストンベル教会に並ぶ様を見たい」

その言葉に、エリオットと四人の職人たちはほっとしたように笑顔になった。彼らはグレンを慕《した》い、グレンも彼らを信じている。グレンの姿が、エマの姿に重なる。

アンは彼らとすこし離《はな》れたところで、その様子を見つめていた。彼らの周囲にある信頼《しんらい》の形が、確かに見える。

羨《うらや》ましかった。

——やっぱり、わたしはお客様ね。

彼らの様子に心が温かくなる。だがそれを眺めるだけなのは、すこし寂《さび》しかった。

ふと、隣に気配を感じた。シャルだった。

シャルは砂糖菓子を見つめていた。

「綺麗《きれい》だな」

「これ、選ばれるかな？　シャルに自由を取り戻《もど》せるかな」

問うと、シャルは砂糖菓子に目を向けたまま答えた。

「わからん。ただ、おまえが力を尽《つ》くしたのは、よくわかる。それでいい」

ぴょんと、アンの肩《かた》に飛び乗る軽い感触《かんしょく》がした。ミスリルだった。ミスリルは腰《こし》に手を当て、ふんぞり返った。

「まあ、俺様がアンの仕事を手伝えば、こんなものだ！」

「ありがとうミスリル・リッド・ポッド。職人の数が少なかったから、ほんとうに、助かった」

改まって礼を言うと、ミスリルはてへへと頭をかいて真っ赤になった。

——お客様でも、いいじゃない。

シャルとミスリルには、確かな信頼を感じる。エマはいなくなったが、アンには新しい絆《きずな》がある。

「アン」

ふいに、グレンに呼ばれた。

「どうしてそんな場所にいる？　我々の職人頭が」

アンは、きょとんとした。その表情を見て、グレンは苦笑《くしょう》した。グレンは、覚えているのだ。アンが、グレンの言葉に怒《おこ》ったことを。

——我々の職人頭？　わたしは、お客様じゃない？

エリオットとオーランド、キング、ヴァレンタイン、ナディール。それぞれが、アンを待つようにこちらを見ている。

どうするべきか、問うようにシャルを見あげる。すると彼は、無言で背を押してくれた。

ためらいがちにグレンの前に行くと、グレンは静かに言った。

「我々の職人頭は、いい仕事をしたな」

優《やさ》しい響《ひび》きの言葉だった。

「アン。この砂糖菓子《がし》を持って、ルイストンへ行きなさい。わたしの代理人、エリオットと一《いっ》緒《しょ》に。ペイジ工房《こうぼう》派本工房の職人頭である君が行くんだ。これを運ぶのは大変だ。職人総出で運ばねばならんだろう。絶対に、壊すなよ」

「はい」

頷《うなず》くと、グレンはすこし離れた場所にいるシャルに視線を向けた。

「そして、シャル。君も同行しろ。街道《かいどう》に、砂糖菓子職人を狙《ねら》う者が現れていると聞く。護衛をしろ。戦士妖精《ようせい》として、仕事を果たせ。ペイジ工房の職人たちを守れ。できるな？」

シャルはうっすら笑った。

「命令には従おう」

七章　祝福の光

ルイストンまでは、馬車で半日の距離《きょり》。選品は砂糖菓子を完成させた日の、二日後の午後にある。普通《ふつう》ならば二日後の早朝にミルズフィールドを発《た》てば、余裕《よゆう》で選品に参加できる。

しかし実際アンたちが出発したのは、砂糖菓子を完成させた翌日の午後だった。

「ほんとおまえら、考えなしだよねぇ。参るよね。どうすんのよ、俺がいなかったら」

御者台《ぎょしゃだい》に座ったエリオットは、得意げにくどくどと繰《く》り返していた。

手綱《たづな》を握《にぎ》るのはオーランドだ。彼は歯ぎしりしそうな顔をして、エリオットを睨《にら》む。

「わかったから、黙《だま》れエリオット。それに無闇《むやみ》にくっつくな。狭苦《せまくる》しい」

言われたエリオットは嫌《いや》がらせのように、さらにオーランドのほうに体を寄せて肩まで組む。

「あれ、わかったの？　やー。嬉しいよね。オーランドは素直《すなお》でいいねぇ、ね、キング」

「うるせぇぞ。腹、蹴《け》るぜ」

荷台に乗ったキングが吐《は》き捨てる。

オーランドが操《あやつ》っているのは、二頭立ての大型の荷馬車だった。鍛冶屋《かじや》が所有する荷馬車で、ギルドの制度を使ってエリオットが調達してきたものだ。荷台には、キングとヴァレンタインとナディール。そしてアンとシャルとミスリルが乗っている。

念のため選品の前日に出発したのは、砂糖菓子のためだった。

作りあげた砂糖菓子はあまりにも繊細《せんさい》で、乱暴に扱《あつか》えば簡単に壊《こわ》れる。馬車の激しい振動《しんどう》などもってのほか。ぬき足さし足させるように、馬をゆっくり操って馬車を動かすしかない。

当然、速度はとてつもなく遅《おそ》い。普通ならば半日の距離が、倍かかる。

しかも砂糖菓子に、保護の布を直接かけることもままならない。そこでエリオットの提案で、細い木の枝を組みあげた枠《わく》を急遽《きゅうきょ》作った。それで砂糖菓子の周囲を覆《おお》い、保護の布をかぶせた。

運搬《うんぱん》をまったく考慮《こうりょ》していなかったことを、散々エリオットにあてこすられ、馬鹿《ばか》にされた。

今もキングとヴァレンタインとナディール、アンは、保護の布が風ではためいて砂糖菓子を傷つけたりしないように、布の端《はし》をしっかりと押さえている始末だ。

「言い返せないのが、なんとも嫌《いや》ですねぇ」

ヴァレンタインが言うと、ナディールはけろりとして答えた。

「え？　なんで？　エリオットは木の枠を作ろうって言っただけじゃん。断然俺たちのほうが、偉《えら》いじゃん。エリオットじゃ、作れないもの作ったんだから」

「聞こえてるんだけどな〜、ナディール」

エリオットがちろりとふり返ると、ナディールはにっと笑った。

「聞こえるように言ったからさ」

「……あの。とりあえずみんな、気をつけようね。振動……」

アンは布を押さえながら、口喧嘩を始めそうな勢いの職人たちに声をかけた。

ミスリルもわずかなりとも力になろうとするかのように、布の端を押さえている。しかしシャルは、荷台の端に片膝《かたひざ》を立てて座り、じっと周囲を見ているだけだ。

「おい、シャル・フェン・シャル。お前も手伝え」

ミスリルがむっとしたように言う。しかしシャルはこちらを見ようともせず、視線を周囲に向けている。そして素《そ》っ気なく返事した。

「手伝う気はない。俺は護衛を命令された」

「人間に羽を握られて面白《おもしろ》くないのはわかるけど、ふてくされててもいいことないぞ」

「その仕事に、四人以上必要ない」

「気持ちの問題だよ、気持ち！」

「それならなおさら、必要ない」

「おまえっ、協調性ゼロだなっ！」

ミスリルはぷんぷん怒っていたが、アンはシャルの気配が、いつもと違《ちが》うことに気がついていた。彼はふてくされて、アンの仕事を手伝わないわけではない。

護衛に集中するために、他《ほか》のことに手を出さないのだ。

周囲に向けるシャルの視線は鋭《するど》く、何事かあればすぐに動けるように神経を尖《とが》らせている。

おそらくシャルは、エリオットを襲《おそ》い、その後もこの街道沿いで頻発《ひんぱつ》している砂糖菓子職人を襲う賊《ぞく》を警戒《けいかい》している。

銀砂糖の香《かお》りがすると言って現れる妖精。目的がわからないだけに、不気味だ。

道は平坦《へいたん》だし、所々に畑や農家も見えて、やけにのんびりした風景だ。

馬車や旅人とも、頻繁《ひんぱん》にすれ違う。しかしそれも、午後をすこし過ぎると極端《きょくたん》に数が減った。比較的《ひかくてき》安全な街道とはいえ、夜の移動を好んでする者はいない。しかも近頃《ちかごろ》、砂糖菓子職人が襲われている事件が続いている。誰《だれ》もが日が暮れるまでには、街道を抜《ぬ》けようとするのだ。

広々とした小麦畑の向こうに、遠く山並みがある。その山並みの端が、ほんのりとピンク色に染まり出す。陽《ひ》が傾《かたむ》き、オレンジ色の光が直線的に目に突《つ》き刺《さ》さる。

「もうすぐ日が暮れるな」

エリオットは落ちていく夕陽を睨みながらも、なにげない調子で尋《たず》ねた。

「さて、どうするのが得策かねぇ。戦士妖精のご意見は？」

「このまま馬車を走らせて、ルイストンへ向かうべきだ。今夜は満月だ。視界がいい」

シャルの答えに、オーランドが首を傾《かし》げる。

「徹夜《てつや》で夜の街道を走るのか？　ちゃんと野宿の用意もしてあるのに」

「街道に現れる妖精が銀砂糖の香りと口にしたなら、その香りを頼《たよ》りに現れる。必ず来る。それまでに距離を稼《かせ》いでいる方がいい」

その答えに、職人たち全員がぎょっとしたのが伝わってきた。

シャルは無表情に、あかね色に染まる刈《か》りいれの終わった小麦畑を見つめている。

斜陽《しゃよう》を受けたシャルの羽は、金色に光る。それは彼の緊張《きんちょう》を語るように、硬質《こうしつ》な輝《かがや》きだ。

これほどシャルが緊張しているのが、不安だった。

ミスリルもアンと同様らしく、心配そうにアンに目配せする。

シャルは強い。それはアンもミスリルもよく知っている。だからシャルが神経を尖らせていることが、危険の大きさを知らせていた。

ゆっくりと、荷馬車は街道を進む。日は沈《しず》み、藍色《あいいろ》の夕闇《ゆうやみ》が山《やま》の端《は》から空を覆い、またたく間に暗闇《くらやみ》へと滲《にじ》むように変わる。

夜半まで変化はなかった。月は明るく、シャルが言ったように、馬を進めるのに問題はなかった。街路の石が月光に白く浮《う》かびあがっている。

冬間近。虫の音はなく、冷気のために透明《とうめい》度を増した空気に、月の光は冴《さ》えて降りそそぐ。風が吹《ふ》くと、遠くの林がざわざわと音を立てた。

ふいにシャルが、荷馬車の前方に顔を向ける。

オーランドが手綱を引き絞《しぼ》り、慎重《しんちょう》に荷馬車を止めた。

まっすぐに続く街道の上に、人影《ひとかげ》があった。

踝《くるぶし》まである焦《こ》げ茶《ちゃ》のフード付きのマントを身につけた、長身だった。シャルと同じくらい、背の高さがある。フードを深く被《かぶ》っているために、顔は分からない。しかし、すり切れ薄汚《うすよご》れたフードの下からは、白い顎《あご》の先が見える。そしてフードからはみ出した、ゆるくうねる輝くような透明感《とうめいかん》のある赤い髪《かみ》。

その人影を目にしたアンは、ぞっとした。なぜか分からないが、無闇に恐《おそ》ろしくなった。職人たちも、体を強《こわ》ばらせている。エリオットが、思わずのように言う。

「あいつだ」

「あいつは……やばいぞ」

キングが呻《うめ》いた。彼は喧嘩《けんか》慣れしているのだろう。相手の力量がわかるらしい。

シャルは、無言で立ちあがった。ふわりと、荷台から飛び降りる。

「シャル……?」

アンの震《ふる》える声に、シャルは無表情のまま前を見すえて告げた。

「馬車は走れない。俺があれを、遠くへ引き離《はな》す。その間に先へ進め。止まるな」

「でも、シャルは」

「あとから追いかける。行け」

会話をそれで打ち切ると、シャルは軽く右掌《てのひら》を広げて、ゆっくりと荷馬車の前に出た。光の粒《つぶ》が闇夜《やみよ》にきらめき、白銀の刃《やいば》が出現する。すると前方の人影が、わずかに笑ったようだった。

「銀砂糖の強い香りがすると思ったら。ぬかりなく、護衛を連れているのか」

マントの人物は、両掌を胸の前に広げた。その手の上に、光の粒が集まりはじめる。

それを目にした途端《とたん》に、シャルは刀を片手に姿勢を低くして走った。あっという間に相手との間合いをつめ、マントの人物を横なぎにする。相手はそれを道の脇《わき》に飛んでかわした。

もう一振《ひとふ》り、シャルが相手の胴《どう》を横になぎ払《はら》うように刃を閃《ひらめ》かせ、叫《さけ》んだ。

「行け!」

シャルの刃に、再びマントの人物は飛び退《の》き、道からかなりの距離《きょり》ができた。

そのすきに、オーランドが馬に鞭《むち》を入れた。

馬を走らせることはできない。けれどできるだけの速度で、オーランドは馬を操《あやつ》った。額に脂汗《あぶらあせ》が浮かぶ。

「シャル！」

動き出した荷馬車の荷台の上から、アンは叫んだ。ミスリルが、アンの肩《かた》に飛び乗った。

「アン。心配するな。シャル・フェン・シャルは、黒曜石だ。それよりも、これをルイストンへ運ぶのが先だろう。シャル・フェン・シャルの自由のためにも。信じろよ、奴《やつ》は強い！」

ミスリルの真剣《しんけん》な眼差《まなざ》しに、アンははっとする。

「信じる？」

もう一度、背後をふりかえった。荷馬車はシャルと賊が対峙《たいじ》する横を抜けていた。シャルの姿は、すでに背後だ。シャルの背が見える。月光の中、刃と同じ冴えた輝きを放つ羽が、緊張のために張りつめている。

相手の両掌には、光の粒が細く細く集まっていた。そしてそれは、赤みのある銀に輝く針金のような束になった。

嫌《いや》な予感がした。シャルは強い。しかし相手も、強い。相手の気配は尋常《じんじょう》ではない。そんな気がする。アンですら感じている相手の力量を、シャルが感じないはずはない。

けれど、行けと言った。彼は戦うのだろう。危険な相手とは戦って欲しくない。だが戦ってもらわなければ、自分たちはどうなるのか。

結局、無力なアンはシャルに頼るしかない。悔《くや》しさと情けなさに、砂糖菓子《がし》を保護している布を握《にぎ》りしめた。

しかし無力な自分にも、やることがある。この砂糖菓子とともに選品に参加し、シャルの羽を取り戻《もど》すこと。そして今できる精一杯《せいいっぱい》のことは、祈《いの》ることだけだ。

「信じてるから……シャル。来て。必ず」

シャルがいなければ意味がない。

この砂糖菓子を守りたいのは、シャルの自由のためなのだから。


――おかしい。

枯《か》れて乾《かわ》いた草葉が、足首辺りでざわざわ鳴る。ひらけた草原で、マントの人物と対峙したシャルは、相手の動きのなさをいぶかしんだ。

こちらが刃をかまえていても、相手は掌の銀赤の糸を操る気配がない。

あの銀赤の糸は、それ自体が刃のはずだ。自在に操り、相手を斬《き》る。エリオットが見えなかったのは当然だ。人間の目には光の筋が走ったようにしか映らない。その刃の特性を考えれば、距離をとった戦い方が有利だ。シャルが間合いをつめる前に、攻撃《こうげき》をしかけてくるのが普通《ふつう》だ。

相手は、逃《に》げるというにはあまりにもゆっくりと走り去る荷馬車を、見送った。

「人間は、行ったな」

やわらかな声だ。彼は、優雅《ゆうが》で余裕《よゆう》のある動きで銀赤の糸の束を片手に握り、手を下ろした。戦う姿勢ではない。

「黒曜石か？　ひさしぶりに貴石の仲間を見た。戦うつもりはない。おまえを助けてやる」

意外すぎる言葉に、シャルは眉《まゆ》をひそめた。

「聞こえたか？　助けてやると言ったんだよ」

まるでシャルをいたわるかのように、優《やさ》しく囁《ささや》きかけてきた。

警戒しながらもかまえをとき、シャルは刃を下げ持った。

相手は微笑している。口もとだけがフードの下から見える。ゆっくりと近寄ってきた。

「おまえの羽は、あの人間たちの誰《だれ》が持っている？　それがわかれば、わたしがおまえの羽を取り戻してやるよ」

「人の羽を云々《うんぬん》言える立場なのか？　おまえのご主人様はどこのどいつだ」

すると相手は、ふふふと笑った。

「わたしの羽は、わたしの手にある」

「自由の身というわけか」

戦士妖精《ようせい》として売り買いされている妖精は、戦闘《せんとう》能力が高い。使役者《しえきしゃ》も油断すれば、羽を奪《うば》い返される。ときおり油断した使役者から羽を奪い返し、使役者を殺して逃げ出す戦士妖精はいる。この妖精も、そんな一人なのだろうか。

「自由だよ。でも一人だと、なにかと不便もある。もう一人くらい、仲間がいても悪くないと思っていたから。黒曜石はいい。力がある。だからおまえを助けるよ。あの連中を追って、おまえの羽を取り戻そう。それから奴らを皆殺《みなごろ》しにして、砂糖菓子を奪う。あの砂糖菓子は大きそうだった。どんな砂糖菓子か、見たい。いいものなら手に入れたい」

「砂糖菓子が欲しいのか？」

「欲しいのは、砂糖菓子と、銀砂糖師。あの中に銀砂糖師はいるのか？」

ふっと、シャルは笑った。

「なるほど。そうか！」

言うなり、シャルは下げ持っていた刃を跳《は》ねあげた。

油断していたらしい相手は、それでも咄嗟《とっさ》に飛び退《の》いた。しかしマントの右腕《みぎうで》が、縦にさっと一直線に裂《さ》けた。きらきらと、銀赤の光の粒が切り裂かれた布地から噴きあがった。それは、妖精の傷から漏《も》れる力の輝《かがや》きだ。人にたとえるなら血液だろうか。

「あいにく。おまえが欲しがるものは、どれも渡《わた》せない」

シャルは刃を下げ持った自然な体勢で、冷たく微笑む。右腕を押さえ、妖精が呻く。

「人間に従う必要はないんだぞ。助けてやると言っているのが、わからないのか」

「俺を助ける奴は、もう決まってる。待ってやると約束した。おまえなど必要ない」

「わざと、……間合いをつめたか」

相手は悔しげに呟《つぶや》いた。シャルが相手の言葉に乗ったふりをしたのは、遠距離《えんきょり》の攻撃を得意とする相手との間合いをつめるためだった。遠距離の攻撃が得意な相手なら、間合いをつめれば、相手は不利になる。

月光を受けて、シャルの羽が刃と同じ白銀に輝く。

相手は、にやりと笑った。

「面白い」

怪我《けが》をかばいながらも、相手は大きく後方に跳躍《ちょうやく》した。そして怪我にかまわず、右手に銀赤の糸束を握った。そして左手で糸を引き出すと、顔の前にかまえる。シャルも再びかまえた。

シャルが地を蹴《け》るのと同時に、相手の左手も素早《すばや》く繰《く》り出された。細く甲高《かんだか》い音が、冷えた空気を震わせた。

気持ちはあせるが、荷馬車の速度はあげられない。あまりにもゆっくりとした歩みに、ナディールが苛々《いらいら》と声をあげる。

「オーランド！　もっと速度あげろよ」

「だめだ！　砂糖菓子が壊《こわ》れる！」

即座《そくざ》にエリオットが答えた。

隣《となり》で馬を操るオーランドも、あせりを必死にこらえているらしい。歯を食いしばっている。この状況《じょうきょう》で馬を走らせないように自分を律するには、かなりの努力が必要だ。

「でも、あの賊《ぞく》に追いつかれたらことですよ」

そう言ったヴァレンタインに、キングが怒鳴《どな》る。

「砂糖菓子が壊れたら、もともこもないぜ！　ぴぃぴぃ騒《さわ》ぐな」

しかし怒鳴ったキング自身も、不安な目の色は隠《かく》せていなかった。

「大丈夫《だいじょうぶ》よ、みんな」

アンはしっかりとした声で言った。

「シャルがいるから。シャルはあの妖精を、一歩もわたしたちに近づけない」

その言葉に、みんなの視線がアンに集まった。アンの肩に乗るミスリルも、頷《うなず》く。

「シャル・フェン・シャルは黒曜石だ。妖精の中でも、とびきり強い」

確信があったわけではない。ただ信じようと、決意しただけだった。

ゆっくりと進む荷馬車に、追っ手は来なかった。街道《かいどう》を抜《ぬ》ける頃《ころ》には空が白み始めた。

街道を抜け、ルイストンの街が遠く見え始めると、誰もがほっと胸を撫《な》で下ろした。

ここまでくれば、もう賊も追っては来ないだろう。

空には、厚く雲がかかっていた。雪雲のように重そうで、空の低いところを流れている。太陽は昇《のぼ》っていたが、その雲のために周囲は灰色っぽい明るさに包まれているだけだ。

それでも、夜明けには違《ちが》いない。周囲の景色は、徐々《じょじょ》にはっきりとする。

アンは背後をふり返り、街道に目を向けた。

——あの妖精が追いかけてこなかったっていうことは、シャルが、あの妖精を足止めしてくれたってことよね。でも。それならどうして、シャルは帰ってこないの？ 不安に襲《おそ》われそうになり、頭をふった。シャルの強さを信じようと決意したのだ。信じようと、今一度自分に言い聞かせた。

午前の早い時間に、荷馬車はルイストンの街へ入った。

選品は午後。聖ルイストンベル教会の聖堂でおこなわれることになっていた。

ルイストンの街中には冷たい風が吹き、日射《ひざ》しがないので薄暗《うすぐら》かった。景色は灰色にくすんでいる。

この日は朝から、聖ルイストンベル教会の聖堂は一般《いっぱん》の礼拝が禁止される。午前中に各派閥《はばつ》の職人たちが砂糖菓子《がし》を運びこみ、選品の準備をするからだ。

聖堂前にはすでに、大型の荷馬車が二台、止まっていた。それぞれ離《はな》れた場所に止まっているので、おそらくラドクリフ工房《こうぼう》の荷馬車と、マーキュリー工房の荷馬車だろう。荷馬車の周囲にはそれぞれ十人前後の職人がいて、忙《いそが》しく走り回っていた。どちらの荷馬車も、荷台に積みこんだ砂糖菓子をおろすのに手間取っている。

オーランドの操《あやつ》る荷馬車が聖堂前にやってくると、それぞれの工房の職人たちが、びっくりしたようにこちらを見ていた。ひそひそと、声が聞こえる。

「あれは、ペイジ工房だ」

「まさか、選品に参加するのか？」

聖堂前で荷馬車を止めると、聖堂入り口にいた教父がこちらにやってきた。

エリオットは荷馬車を降り、その教父を迎《むか》えた。

「こちらは、どちら様ですか？」

エリオットは、明るく溌剌《はつらつ》とした笑顔《えがお》で告げた。

「わたしは、ペイジ工房派の長《おさ》グレン・ペイジの代理人。エリオット・コリンズです。我々は、ペイジ工房派本工房です。選品に参加するために、砂糖菓子を持参しました」

教父が、驚《おどろ》いた顔をする。

「ペイジ工房が？　参加するんですか？」

「はい」

「なんと……。珍《めずら》しい……」

教父はしばらくぽかんとしていたが、すぐに本来の仕事を思い出したらしい。てきぱきと指示をした。

「そうですね。では、砂糖菓子を聖堂の中へ。祭壇《さいだん》の前に置いてください。祭壇の右手からラドクリフ工房とマーキュリー工房と並べるように指示を出してあるから、あなた方は一番左手側に。それから長の代理と職人頭だけが、最前列の席に。他《ほか》の職人たちは砂糖菓子を並べたあと、希望があれば後ろの礼拝席に座って見学を許可します。ただし、静粛《せいしゅく》に」

教父が去ると、エリオットは職人たち全員に目配せした。

アンをはじめとして、四人の職人たちが一斉《いっせい》に立ちあがった。

砂糖菓子を運ぶ準備をしていると、先に来ていた荷馬車の近くから、あわてたようにマーカス・ラドクリフがこちらにやってきた。

「コリンズ！」

マーカスはエリオットを見つけるなり、怒鳴りつけるような声で呼んだ。

「どういうことだ、コリンズ！　ペイジは選品に参加する気はないと言ったではないか！」

「やー。ラドクリフ殿《どの》。あの時はほんとうに参加する気は、なかったんですけどねぇ。気が変わっちゃって。ま、気にしないでくださいよ。ラドクリフ工房は、ペイジ工房みたいなちっこい派閥なんか、目じゃないでしょう」

言われると、マーカスは唸《うな》るような声を出した。ふんと鼻を鳴らし、きびすを返した。

その様子をマーキュリー工房の荷馬車の方から、片眼鏡をつけた神経質そうな男が見ている。

「お、キレーンだ」

エリオットはそれに気がついて、軽く手をふる。相手は肩《かた》をすくめた。

キレーンは、マーキュリー工房派の長代理の名前だ。おそらく彼がそのジョン・キレーンなのだ。アンははじめて、マーキュリー工房派の長の代理の顔を見た。

各派閥の長やその代理が一同に顔を揃《そろ》えるのは、銀砂糖子爵《ししやく》の命令で招集される以外には、普段《ふだん》はないと聞く。それがこうして集まっているというのは、この選品が派閥にとっていかに大切な事であるかがわかる。

三つの派閥の砂糖菓子が、それぞれ聖堂内に運びこまれた。布で保護された大きな砂糖菓子が、三つ。円に十字を刻んだ、神の印をかかげる祭壇前に並んだ。

白い祭壇の上には、十二本の燭台《しょくだい》が等間隔《とうかんかく》に置かれていた。銀色の燭台に立てられているのは、両手を広げたほどの長さの飾《かざ》り蠟燭《ろうそく》だ。それらはうす緑色の蠟《ろう》で作られ、胴《どう》に巻きつくように蔦《つた》模様が彫《ほ》りこまれていた。彫りこまれた模様には、金の色彩《しきさい》が施《ほどこ》されている。

飾り蠟燭は祭壇の上以外にも、祭壇脇《わき》、聖人の立像の足もと、聖堂全体に規則的に配置されている。

各工房の長とその代理、職人頭が前列に着席した。その後ろには、職人たちが緊張《きんちょう》した面持《おもも》ちで、それぞれの砂糖菓子を見守るように着席している。

正午を知らせる、聖ルイストンベル教会の鐘《かね》が鳴った。それを合図に、祭壇脇の通路から、十二人の教父が歩み出てきた。みな、同じ黒の教父服を着ている。しかし一人だけ、首に金色の細い帯をかけている。それが主祭教父と呼ばれる、この聖堂を預かる最も位の高い教父だ。

にわかに、アンは緊張した。

冷えた聖堂の空気が、教父たちの存在感によりいっそう引きしまった。

聖堂の内部は、薄暗い。灰色の雲が、いまだにルイストンの空を覆《おお》っている。

入ってきた教父たちは、祭壇の前に整列した。

「選品をおこないます」

祭壇脇に立った進行役の教父が、静かに告げた。

「参加は、ラドクリフ工房派本工房。マーキュリー工房派本工房。ペイジ工房派本工房」

ペイジの名前が呼ばれた時だけ、十二人の教父が珍しそうにちらりとこちらに視線を向けた。

そしてそこに座るアンを目にして、驚いた表情になる。

「まずはラドクリフ工房派本工房の砂糖菓子を」

教父の指示に、マーカスと、ラドクリフ工房の職人頭が立ちあがる。目の前にある砂糖菓子にかけられた布を、ゆっくりと取り去った。

現れたのは、マーカスの身長と同じくらいに大きな、祖王の立像だった。アンは、はっとした。その祖王の顔立ちと、強くしなやかな立ち姿の美しさに見覚えがある。シャルに似ている。

──キースが？

この砂糖菓子には、キースの手がかなり入っているのではないかと思われた。端整《たんせい》で強いその姿に、十二人の教父たちが、思わずのように軽く声を出した。

「祖王の様々な業績の、その時々の姿を、このような形にして作ります。それを聖堂に並べようと考えております」

職人頭が説明すると、隣《となり》に立つマーカスは満足そうな顔で頷《うなず》き着席した。

ジョン・キレーンが、眉《まゆ》をひそめる。エリオットは、無表情だ。

「次にマーキュリー工房派本工房」

呼ばれると、キレーンが職人頭とともに立ちあがる。なんのためらいもなく、砂糖菓子にかけられた布をさっと取り去った。

現れたのは、一抱《ひとかか》えもある球体だった。その球体の中に、国教の守護聖人の一人が、跪《ひざまず》き祈《いの》りを捧《ささ》げている姿があった。その苦悩《くのう》の表情や、痩《や》せて節くれ立った手の表現が、ラドクリフ工房の祖王の立像とは対照的に、なんとも生々しい。しかしそれゆえに、目を惹《ひ》かれる。

「十二の球体を作り、十二の聖人をそれぞれこのように中に配置します。それを聖堂内に並べるつもりです」

こちらは職人頭ではなく、長代理のキレーンがさらりと説明した。

教父たちは、感慨《かんがい》深げに頷く。国教の教えを深く学ぶ彼らは、その生々しい聖人の姿に感銘《かんめい》を覚えるのかもしれない。

「最後に、ペイジ工房派本工房」

キレーンが着席すると同時に呼ばれた。

アンがエリオットとともに立ちあがると、教父たちの視線が集中する。

自然と背筋が強《こわ》ばるが、その肩をエリオットが、ぽんと軽く叩《たた》いた。彼は教父たちから見えないように、軽く片目をつぶった。そして目配せで、背後の礼拝席を示す。

ちらりと、背後を見た。ミスリル、オーランドとキングとヴァレンタインとナディールが、祈るような目をしている。アンは彼らに頷いてみせると、砂糖菓子を覆う布を取り去った。

布をとると、教父たちが眉をひそめた。

砂糖菓子の周囲には、まだ細い木の枠《わく》がつけられたままだった。

「すこし、お待ちください」

アンが告げると、ペイジ工房派の職人たちが立ちあがった。彼らは打ち合わせ通り、砂糖菓子の枠に手をかけ、枠と枠を結ぶ紐《ひも》をてきぱきとほどき、あっという間に枠を取り外した。職人たちは枠を手に、礼拝席の脇《わき》に控《ひか》えた。

「雪です」

雪の結晶《けっしょう》を組みあげた塔《とう》は、暗く光のない礼拝堂の中にぼんやりと立っていた。

職人たちの表情が曇《くも》る。アンも、眉間《みけん》に皺《しわ》を寄せた。

ペイジ工房の作業棟《とう》であれほど美しく見えたものが、輪郭《りんかく》がぼやけた、曖昧《あいまい》なオブジェにしか見えない。

――おかしい。どうして。

なかば呆然《ぼうぜん》とした。

「ペイジ工房《こうぼう》派本工房。続きを」

教父に促《うなが》され、はっとした。とにかく、説明をしなくてはならない。

「これは……雪です。雪の新聖祭は厳粛《げんしゅく》で、心を洗います。この雪を……」

整列した教父たちに向かって言葉を続ければ続けるほど、疑問と自信のなさがわきあがってくる。掌《てのひら》が汗《あせ》ばむ。

その時、靴音《くつおと》が響《ひび》いた。

静まりかえった聖堂に踏《ふ》みこんできた靴音に、思わずふり返って目を向けた。

巨大《きょだい》な聖堂の扉《とびら》は、半分だけ開かれている。灰色の空が扉の向こうに見えている。出入り口からまっすぐに、祭壇に向けてのびる通路は薄暗《うすぐら》い。そこに踏みこんできたのは、すらりとした人影《ひとかげ》だった。その人の右腕《みぎうで》の辺り、腰《こし》の辺り、踝《くるぶし》の辺り。そこにきらきらと銀色の光の粒《つぶ》がまといついて、薄暗い中にはっとするほど美しく輝《かがや》いている。

ゆっくりと近づいてくるのは、シャルだった。戦いの名残《なごり》か、その黒い瞳《ひとみ》が鋭《するど》い光をたたえ、羽は銀と青の冴《さ》えた輝きをまとっている。

シャルを慕《した》うようにまといつく光の粒が、いっそう彼を美しく見せた。

──シャル！

喜びのために、萎縮していた気持ちが一気に消える。そして、はっとした。

──光！

シャルを美しくひきたてる光。それを見て、アンは大切なことを思い出した。

「教父様！」

アンは祭壇脇に立つ教父を、ふり返った。

「新聖祭の時、この聖堂に明かりは灯《とも》りますか⁉」

シャルは静かに、礼拝席の一番後ろに座った。

何者かと訝《いぶか》しげにシャルを見ていた教父は、アンの問いに我に返ったように聞き返した。

「え？　なんですか？」

「新聖祭の時、この聖堂には明かりが灯りますか？」

「無論、灯ります。聖堂中の飾り蠟燭に火が灯されます。今ある倍の数の飾り蠟燭が用意されます。それがなにか」

「なら、お願いします。新聖祭のための砂糖菓子《がし》を選ぶ、選品です。新聖祭と同じ条件にしてください。この聖堂に明かりが灯ったとき、どうなるかを見てください。今ある飾り蠟燭の数だけで、かまいません。明かりを！」

「いや、それは……。そんなことをした前例は……」

教父は戸惑《とまど》ったように言った。しかし。

「なるほど。もっともです。良いでしょう」

静かに口を開いたのは、主祭教父だった。

「ブルック教父。明かりを灯すように、妖精《ようせい》を呼びなさい」

そう命じられ、進行を担当していた教父は、急いで祭壇脇《さいだんわき》から奥の方へ引っこんだ。

アンは主祭教父に膝《ひざ》を折った。

「ありがとうございます」

「毎年新聖祭を執《と》り行《おこな》うが、時に、新聖祭の当日に砂糖菓子を目にして、選んだものの印象が違《ちが》うと感じることがあるのです。新聖祭の当日と条件を同じにすることは、理に適《かな》っている」

先ほど奥へ引っこんだ教父が、ミスリルくらい小さな、数人の妖精を連れて出てきた。妖精たちは手に細い蠟燭を持っていた。彼らは四方に散ると、自分の分担と決められているらしい飾り蠟燭に、次々と明かりを移していった。

あちら、こちら。方々で明かりが灯る。

飾《かざ》り蠟燭《ろうそく》の蠟《ろう》のうす緑色がほんわりと薄闇《うすやみ》に浮《う》かび、金の模様が炎《ほのお》を映して艶《つや》やかに輝いた。

薄暗い壁《かべ》に沈《しず》みこんでいたステンドグラスが、息を吹《ふ》き返したように明るい色を見せた。

聖堂を支える柱の彫刻《ちょうこく》もくっきりとした陰影《いんえい》が現れ、倍の大きさになったかのような存在感になる。

ラドクリフ工房派の砂糖菓子は、薄闇の中と同じく、ただ美しく立っていた。光を跳《は》ね返し、特になにかが変わったようには見えない。

マーキュリー工房派の砂糖菓子は、いっそう陰影が浮き立ち、生々しさが増す。しかし生々しさが増した分だけ、陰鬱《いんうつ》さが強く出た。

ペイジ工房派の砂糖菓子だけが、この聖堂の中で光を呼吸しはじめたかのように、揺《ゆ》らめきながら輝いていた。

教父たちが目を見張る。主祭教父は、目を細めた。

アンは改めて告げた。

「雪です。新年に新しい幸運が王国に訪《おとず》れるように祈り、世界を真っ白に覆《おお》い新しくしてくれる雪の結晶を形にして、雪の景色にしました。これを聖堂に並べます。たくさん、並べます」

マーカスは、腕組《うでぐ》みしてむすっと自分の持参した砂糖菓子を見ていた。

キレーンは、足の裏に棘《とげ》でも刺《さ》さったような、いやそうな顔をしている。

説明を終えると、アンとエリオットは着席した。

進行を担当していた教父が、厳《おごそ》かに問うた。

「新聖祭にふさわしい砂糖菓子は、いずれか。十二人の判断を仰《あお》ぎます」

すると右端《みぎはし》に立つ教父が、すっと右手で、ペイジ工房の砂糖菓子を指さした。

おもわず、アンは笑顔《えがお》になった。

続いて、その隣《となり》の教父が指さしたのは、マーキュリー工房の砂糖菓子だ。

キレーンが当然と言いたげに頷く。

三人目の教父はラドクリフ工房の砂糖菓子を指さした。

マーカスがほっとしたような顔になった。

四人目の教父は、マーキュリー工房。五人目も、マーキュリー工房。

六人目はラドクリフ工房。

アンは膝の上で、両手を握《にぎ》りしめた。

この時点で、マーキュリー工房を選んだ教父は、三人。ラドクリフ工房を選んだ教父は二人。ペイジ工房を選んだ教父は、一人だけだ。

七人目の教父はペイジ工房の砂糖菓子を指さした。八人目の教父は、マーキュリー工房。

九人目の教父は、ラドクリフ工房を指さした。十人目の教父は、ペイジ工房。

この時点でマーキュリー工房を選んだ教父は四人。ラドクリフ工房を選んだ教父は三人。ペイジ工房を選んだ教父は三人。

マーカスが、ちらりとこちらを見た。アンは唇《くちびる》を噛《か》んだ。

そして十一人目の教父が、指さした。教父が指さしているのは、ペイジ工房の砂糖菓子だ。

マーカスは、祈るように天井を見あげた。

アンは主祭教父を見やった。キレーンも苦い顔で主祭教父の方を見ている。

ペイジ工房を選んだ教父とマーキュリー工房を選んだ教父は、ともに四人。ラドクリフ工房は三人。最後の主祭教父の判断で、三工房同数となるか。あるいは決まるか。

主祭教父はしばし考えた後に、十一人の教父に問いかけた。

「三工房、いずれが新聖祭にふさわしい砂糖菓子と考えますか?」

「私は、ラドクリフ工房がよいと思います。美しい。それだけで神々《こうごう》しい」

一人の教父が口を開く。と、別の教父が続けた。

「マーキュリー工房です。国教を守護する聖人こそ、新聖祭にふさわしい」

「マーキュリー工房の砂糖菓子はいささか陰気《いんき》すぎる。新年を祝う聖堂に、ふさわしくない」

「ペイジ工房の砂糖菓子は、抽象《ちゆうしよう》的すぎる」

「抽象的で悪いわけでもないでしょう。これには、新年の光を感じる」

教父たちが、それぞれに意見を出し合う。

「ペイジ工房は十年以上選品に参加していなかったのですよ。実績がないのにいきなり選ぶのはどうかと思います」

「それを言うならば、選品の制度を導入した根本的な意味を問い直さなくてはならないでしょう。実績だけではなく、その時に素晴《すば》らしいものを作る工房を選びたいという趣旨《しゆし》から、選品が導入されたのですから」

しばらく教父たちの意見を聞いていた主祭教父は、軽く手をあげて彼らを制した。

「よろしい。わかりました。では、私が決断しましょう」

その声に、聖堂の中がしんと静まった。

耳の奥で、自分の鼓動《こどう》がかなりの速さで打っているのが聞こえた。アンは両手をさらに強く握った。

主祭教父が、ゆっくりと指さした。

その指は、ペイジ工房の砂糖菓子を指さしていた。

一瞬《いっしゅん》、息を呑《の》んだ。その次に、喜びがわきあがる。

──みんなで、作ったんだもの。

誇《ほこ》らしい気持ちが、胸一杯《むねいっぱい》に広がってくる。

──素敵《すてき》なものができたんだもの。

自分一人で作った砂糖菓子に対する喜びとは、また違う喜びだった。自らが認められたことの喜びと同居する、わずかな不安や照れがない。純粋《じゅんすい》に、嬉《うれ》しく誇らしく感じることができる。誰《だれ》かの幸せを自分が作りあげたような、爽快感《そうかいかん》がある。

エリオットが、ほっとしたように表情をゆるめた。職人たちとミスリルが、互《たが》いに互いの顔を見ている。アンは今一度ふり返って礼拝席の一番後ろを見た。そこにシャルがいた。

「選ばれるべきものが、選ばれました」

主祭教父は静かに告げた。そして並んで座るエリオットとアンに視線を合わせた。二人はその視線に促《うなが》され、立ちあがった。

「新聖祭の砂糖菓子を、ペイジ工房《こうぼう》派本工房にお願いします。今年の終わるその日。この聖堂を砂糖菓子で飾ってください」

「承知しました」

エリオットは、普段《ふだん》の彼からは想像もつかない凜《りん》とした声で答えた。

アンも膝を折り、深く頭を下げた。


主祭教父が歩き出した。そのあとに、十一人の教父も続いた。

十二人が聖堂の奥へ去ると、ラドクリフ工房とマーキュリー工房の面々が、ばらばらと立ちあがる。それぞれの職人たちは、再び砂糖菓子《がし》を運び出すために、動き出した。

マーカスもキレーンも、ちらりとエリオットに視線を向けた。

けれどエリオットは、なんとなくぼんやりした顔で自分たちの砂糖菓子を見あげていた。

そんなぼんやりした顔のエリオットは、見たことがなかった。彼は常に、ぺらぺらとよく喋《しゃべ》り、嘘《うそ》も本心も、全《すべ》て一緒《いっしょ》くたにして誤魔化《ごまか》しきってしまう。その彼が言葉もなくぼんやりしている様は、らしくない。そんな様子がおかしくなって、思わず笑った。

笑われて、エリオットはアンを見た。

「え、なに？」

すると、礼拝席からこちらにぴょんぴょん駆《か》けてきたミスリルが、アンの肩《かた》の上に飛び乗りざま言った。

「おまえのアホ面《づら》が面白《おもしろ》かったんだ！」

するとエリオットは、眉尻《まゆじり》をさげた。いつもの不真面目《ふまじめ》で愛嬌《あいきょう》のある目の光が戻《もど》る。

「口だけは立派だよね、十分の一は」

「おおお、おまえ！　また十分の一って！」

「ま、アホ面にもなるね、この砂糖菓子見てたら。……俺も一緒に作りたかった」

心底羨《うらや》ましそうに、エリオットが呟《つぶや》いた。その横顔は、まぎれもない銀砂糖師だ。

その時、進行役の教父がこちらにやってきた。

「コリンズさん。新聖祭までの段取りをご相談しましょう。聖堂裏手の教父館にお越《こ》しください。それとその砂糖菓子は、聖堂奥の部屋に運んでください。案内をさせますから」

「わかりました」

表情を引き締《し》めて応対したエリオットだが、教父が去ると、もとのふにゃけた顔になった。

「て、ことみたいね。選ばれちゃったね、アン」

「うん。工房の立てなおしは、まだ大変そうだけど。当面は追い出されなくてすむ」

「あー。そのことなんだけど。ま、とりあえず。両 掌《てのひら》 出して」

「え？」

わけがわからないままに両掌を差し出す。と、エリオットは胸のポケットを探《さぐ》り、そこから小さな革袋《かわぶくろ》を取り出した。その袋《ふくろ》をアンの掌の上にぽんと置いた。

「はい。どーぞ」

それは間違《まちが》いなく、シャルの羽が入っているはずの袋だった。

肩の上のミスリルも、目を丸くしている。

「コリンズさん⁉ これ、返してくれるんですか⁉」

「君ほんと、うかつだよねぇ。グレンさんが選品で選ばれなきゃアンを追い出すって言ったとき、自分の方からなにも条件を出さなかったろう? 普通《ふつう》、『じゃ、選品で選ばれたらシャルの羽を返してください』くらい言うもんだよ? ちょっとでも賢《かしこ》ければね」

「おまえ、無茶《むちゃ》言うな! アンがそこまで賢いはずないだろう⁉」

ミスリルの言葉に、アンは肩を落とす。

「……ごもっともなんだけど」

「で、だ。うかつなアンが可哀想《かわいそう》になった俺とグレンさんは、選品で選ばれれば、シャルの羽を返そうって決めたんだよね」

そこでエリオットは、微笑《ほほえ》んだ。

「君は、新しい道の一歩を示してくれた。だからもう、無理に働かせたりしない」

「でも新聖祭の仕事が。これから、大変な作業が待ってるのに」

「いいから」

「ほんとうのところ、猫《ねこ》の手も借りたいくらいだから未練はあるけど。ま、ここは男にならなくちゃねぇ。女の子には、無理を言わない。だから平気平気。なんとかなる、なんとか」

エリオットはひらひら手をふると、さて、と言って四人の職人にふり返った。

「おい。おまえら、砂糖菓子運ぶぞー。手伝え」

四人の職人たちは砂糖菓子の周囲にやってきた。

キングが、どんとアンの背を叩《たた》いた。

「じゃな、職人頭」

自分から背中を叩いておきながら、キングは頰《ほお》を赤くした。急いでアンの側を離《はな》れる。

ナディールはうつむき加減で右耳の飾《かざ》りをいじりながら、

「そうだった。もう、これで終わりか。うん……。ま、元気で」

と言った。そのナディールの背を撫《な》でながら、ヴァレンタインは微笑んだ。

「一昨日《おととい》の夜に、グレンさんとエリオットから聞いてはいましたから。よかったですね、アン。それに、ありがとうございました。楽しかったですよ」

最後にオーランドが、ちらりとアンを見た。そしてひと言だけ言った。

「世話になった」

エリオットと四人の職人たちは、てきぱきと木の枠《わく》を組みあげ、砂糖菓子に布をかけた。そしてそれを、力を合わせて持ちあげる。

彼らは互いに何か喚《わめ》きながら、慎重《しんちょう》に砂糖菓子を聖堂の奥へ運びこんでいった。

彼らが去ると、聖堂は静かになった。ラドクリフ工房もマーキュリー工房も、すでに砂糖菓子を運び出してしまっていた。

アンは呆然《ぼうぜん》と、手にある袋を見おろした。

「シャルの羽」

「でもあいつら……。ほんとうにアンがいなくて、困らないのか？」

ミスリルは心配そうに言うと、五人の職人たちが消えた聖堂奥を見やる。

「そうよね」

アンも、心配でならなかった。あの砂糖菓子をひとつ作るだけでも、大変な時間と労力を費《つい》やした。年末までに、あれをいったい何個作るのだろうか。考えただけで、気が遠くなる。職人は、一人でも多く必要なはずだ。

「で。そのシャル・フェン・シャルは？　まだ座ってるのか？」

問われてアンも、シャルが座っていた礼拝席を見た。

シャルは座っていた。軽く目を閉じて、背もたれに背をあずけ、心持ち顔を天井《てんじょう》に向けている。気を失っているようだ。

「シャル!?」

驚《おどろ》いて駆け寄った。シャルの前に跪《ひざまず》く。見ると彼の腕《うで》や腰《こし》や踝《くるぶし》。服やブーツが切り裂《さ》かれたあとがあった。そしてその布地の裂け目から見える肌《はだ》には、うっすらと朱色《しゅいろ》の傷が走っている。その傷にまといつくように、きらきらと銀色に輝《かがや》く光の粒《つぶ》がある。

「怪我《けが》してるんだなシャル・フェン・シャル。この光、傷から出てくるんだ。妖精《ようせい》の命の流れで、人間でいうと血みたいなものなんだ」

ミスリルの説明を聞いて、アンは蒼白《そうはく》になった。

それでは先刻、薄暗《うすぐら》い中でシャルの体にまとわりついていた光は、彼の体から流れ出たものなのだ。あれほど輝いていたのなら、かなりの怪我を負ったはずだ。

「たぶん大丈夫《だいじょうぶ》だ、アン。傷はふさがりかけてるし。なにしろシャル・フェン・シャルだし」

「でも、意識がない」

顔を覗《のぞ》きこんだ。するとアンの気配に反応したように、ゆっくりと目が開いた。

黒曜石のようにつやつやした黒い瞳《ひとみ》が、アンを映す。

「シャル」

ほっとした。ぼんやりしていた彼の目が、アンの顔に焦点《しょうてん》を結んだ。すると、

「……選品は？」

すぐに、シャルが訊《き》いた。

「選ばれた。それで、わたし。シャルの羽を返してもらった。ここにある」

それを聞いて、シャルは背もたれからゆっくりと上体を起こした。訝《いぶか》しげに問う。

「返した？　なぜだ」

「もう充分《じゅうぶん》だって。無理にわたしを、働かせないって」

アンは再び、聖堂の奥へ視線を向けた。

自分を職人頭と呼んでくれた、ペイジ工房《こうぼう》の人たちは、これから大変な作業に取りかかるはずだ。それを承知で、気持ちよく手をふって別れられるだろうか。

銀砂糖師の地位を確実なものにするために、アンはこの一年は働くべきだ。

でもそれなら、ペイジ工房で働いてもかまわないのではないだろうか。

選品で選ばれた砂糖菓子を作る。そうすれば工房の名があがるのと同様に、アンの銀砂糖師の名前だってあがるはずだ。なによりも、選品で選ばれた砂糖菓子を作ったことは大きな喜びだった。その砂糖菓子を聖堂に飾る本番は、これからだ。

シャルのために始めたことだが、この仕事は間違いなくアンが最後まで責任をもつべきものだった。けれどペイジ工房の人たちは、責任を放棄《ほうき》していいと言ってくれた。

きっかけが無理矢理《むりやり》だったのだから、最後まで無理はしなくていいと。

だが。一度引き受けた仕事は、途中《とちゅう》で放り出したくない。もういいからと言われて、それに甘えていいものではない。それが責任というものだろう。

「ねぇ、シャル。ミスリル・リッド・ポッド。わたしシャルの羽を返してもらったから、無理にペイジ工房で働く必要はないんだけど。けど、新聖祭が終わるまでペイジ工房で働きたいって言ったら、いや？」

それを聞くと、ミスリルはにこっと笑った。

「あそこのベッドは寝心地《ねごこち》がいいから、大賛成だぞ。俺は」

シャルは無表情のまま、言った。

「おまえのやりたいようにやれ。俺は、どこでもいい。おまえがいれば、どこでも一緒《いっしょ》だ」

「じゃ、決まりだ！」

ミスリルはわくわくしたように、アンの肩《かた》の上に立ちあがった。

「俺、あいつらに知らせてくる！　アンはもうちょっと、ペイジ工房で働くって！」

言うが早いか、ミスリルはアンの肩の上から飛び降りて、礼拝席の背もたれを次々と蹴《け》るようにして、一気に聖堂奥へ駆《か》けこんでいった。嬉《うれ》しそうだった。

ミスリルも、今回の選品の仕事にかかわり、彼らと仕事をして、仕事の行く先が気になるのだろう。彼もいっぱしの職人のような心構えになっているのが、頼《たの》もしい。

「ごめんね。シャル。いつもつきあわせてる」

「別に、おまえを眺《なが》めている以外に、面白《おもしろ》いことがないからかまわない」

「でも、こんな怪我までして。あの妖精は？　どうしたの？」

「逃《に》げられた。今度会ったら、斬《き》る」

その目に、ぎょっとするような鋭《するど》さが光る。戦士妖精の性質がかいま見えた。

「ほんとうに、無事でよかった。ありがとうシャル。いつも、守ってくれてる」

力の弱いアンは、シャルと一緒にいれば常に守ってもらうしかない。それはわかっているし、甘えてはいけないと思う。でもシャルが嫌《いや》だと言わない限りは、自分からシャルのそばを離れることはできない。もし離れてしまったら、恋《こい》しくて恋しくて、どうにかなってしまう。

ずっとシャルの優《やさ》しさに甘えて、そばにいる自分の身勝手さを感じる。だからできるだけ、彼に負担をかけないようにするしかない。そしてただ感謝して、シャルがアンのそばにいてもいいと思ってくれる気まぐれが、ずっと続くように祈《いの》るしかない。

シャルの羽を握《にぎ》ってひきとめるようなことは、アンにはできない。

「待っててくれて、ありがとう。やっと羽を返すことができるね。シャル。あなたのもの」

羽の入った袋《ふくろ》を、アンは手を伸《の》ばしてシャルの首にかけた。シャルは微笑んだ。すこしかがみこむと、両掌《てのひら》でアンの頬を包む。そしてゆっくり顔を近づけた。

「助けられたな」

彼の吐息《といき》が、アンの唇《くちびる》に触《ふ》れた。落ちかかる髪《かみ》が、さらりとアンの頬《ほお》に触れる。背すじがしびれるような艶《つや》がシャルの瞳にやどり、それに射すくめられて、体の自由がきかなくなる。

「これでおまえは、自分の力で銀砂糖師になったと言える。胸を張って名乗れ。銀砂糖師と」

しばらくなにかを迷うように、シャルは動かなかった。それから思いなおしたように、彼の唇はわずかに位置を変えてアンの額に口づけた。

「銀砂糖師となったおまえに、祝福を」

囁《ささや》きは優しく、甘かった。

アンは銀砂糖師になった。

飾《かざ》り蠟燭《ろうそく》の炎《ほのお》が揺《ゆ》らめき、聖堂はやわらかな光に満たされている。この世にいるのはたった二人だけだと錯覚《さっかく》しそうなほどに、静かだった。

「あっ！　母屋《おもや》が見えてきた」

荷台の上に立ちあがり、ナディールが声をあげた。その時、荷馬車の車輪が石を踏《ふ》み、荷台が大きく跳《は》ねた。ナディールはキングの背中にぶつかるようにして、背後にひっくり返った。

オーランドが馬を操《あやつ》る横には、エリオットが座っている。荷台にはナディールとキング、ヴァレンタイン。そしてアンとシャル、ミスリルがいた。

「ナディール！　おまえは、落ち着けっ！」

キングに怒鳴《どな》られぽかりと頭を殴《なぐ》られても、ナディールはへこたれなかった。

「だってはやくグレンさんに知らせたいじゃん。選品で選ばれたことも、アンがまだしばらくペイジ工房で働いてくれるってことも。俺、ここから走って行きたい」

「止めませんよ。ご自由にどうぞ」

ヴァレンタインが呆《あき》れたように言うと、ナディールはにこっとして、ミスリルにふり返った。

「行こう！　ちっこいの」

「なんで俺を誘《さそ》うんだ!?　てか、ちっこいてのは、俺の名前じゃないぞ！　俺様にはミスリル・リッド・ポッドっていう、立派な名前があるんだからな」

「じゃ、ミスリル・リッド・ポッド。行こう。一人じゃつまんないからさ」

言うが早いか、ナディールは荷台から飛び降りていた。

「だからって、なんで俺様なんだ？」

ちゃんと名前を呼ばれたことに多少気をよくした様子ながらも、ミスリルは首をひねり荷台を飛び降りた。ナディールとミスリルは、草原を横切り、ペイジ工房派の母屋の方へ駆けていく。それを見送って、エリオットが頭の後ろに腕を組んであくび混じりに言う。

「子供って、なんでああ体力の無駄遣《むだづか》いするのかねぇ。不思議だよね、オーランド」

「じれったいんだろうな、俺たちと違《ちが》って。だから……頼もしいときもある」

オーランドは眩《まぶ》しそうにナディールの遠い姿を見つめたあと、背後のアンを見た。

「え？　なに？」

視線に気がついてアンが問うと、オーランドはしみじみ呟《つぶや》いた。

「あんたも、子供だな」

シャルがくすっと笑った。

子供だとあんまりにもしみじみ言われたので、がっかりした。

「そりゃ、オーランドと比べたら子供かもしれないけど。わたしは十六歳で、去年成人したし」

ぶつぶつと抗議《こうぎ》したが、オーランドはもうこちらを見ていなかった。その背中が、アンの不平不満を面白がっているような気がするのは気のせいだろうか。

乾《かわ》いた風が丘《おか》から吹《ふ》きおり、草葉が鳴っていた。風は冷たいが、日射《ひざ》しは温かかった。

ナディールとミスリルが、母屋に駆けこんでいった。

馬車はゆるやかな坂をのろのろと登っていく。

しばらくすると母屋のポーチに、ハルが出てきた。そこに椅子《いす》を出すと、掃《は》きだし窓《まど》から中に入った。そしてハルと一緒に、ナディールがグレンを支えて出てきた。二人はグレンを椅子に座らせた。グレンは、こちらを見て微笑《ほほえ》んでいた。よくよく見ると、掃きだし窓のカーテンに隠《かく》れるようにしながら、恥《は》ずかしそうに顔を覗《のぞ》かせているダナの姿もある。ミスリルもぴょんと、ポーチに飛び出してくる。

グレンが手をふる。お帰り、と声が聞こえた気がした。

アンはなぜか、とても懐《なつ》かしい気持ちになった。はやくあそこに帰りたいと思った。生まれてからずっと、アンは旅暮らしをしてきた。家というものに馴染《なじ》みはなかったが、憧《あこが》れはあった。幼い彼女が憧れた家は、もしかしたら目の前に見えるあの大きな屋根をもつ家に似ていたかもしれない。

ぼんやりと家を見つめるアンの表情に気がついたのか、シャルが不思議そうに訊いた。

「どうした」

「うん。なんだかね。家だな……って思ったの」

ナディールが家に飛びこんできて、興奮してグレンに話をしているのが聞こえた。選品で選ばれたこと。そしてアンが新聖祭が終わるまで、ペイジ工房《こうぼう》で働くつもりだと。

ダナもハルもグレンも、職人たちを迎《むか》えようとポーチに出た気配がした。

自分の部屋の中で、ブリジットはその物音を聞いていた。

ペイジ工房が選品で選ばれたことは、誇《ほこ》らしかった。ブリジットはペイジ工房の職人たちが作る砂糖菓子《がし》は好きだったし、尊敬もしていた。なのにペイジ工房は凋落《ちょうらく》している現実があり、そのことが信じられなかったし、悔《くや》しかった。

でもやっと、世間がこの工房を正当に評価してくれた。

自分も職人たちを迎えるべきかもしれないと、座っていた椅子から立ちあがり扉《とびら》の前に来た。しかしそこで、足が止まる。職人たちは自分の出迎《でむか》えなど、喜ばないかもしれない。

グレンも職人たちも、ブリジットには関係ないと言いたげに、工房のことはなにも知らせてこなかった。そんな自分が出迎えても、誰《だれ》も喜びはしないだろう。

ただシャルには会いたかった。でも彼に冷たくあしらわれると思うと、顔を見る勇気が出なかった。

──わたしだけ、のけもの。昔から、ずっとそう。

そう思うと哀《かな》しくなり、次第《しだい》にむかむかした。腹が立って仕方なかった。誰に対してということはない。ただなにもかもが腹立たしかった。

扉に背を向けるともたれかかり、ブリジットは目を閉じる。とても息苦しかった。

扉の外には、いまだに小鳥と仔猫《こねこ》の砂糖菓子がある。小鳥はアンが置いていったが、仔猫は誰が置いてくれたのかわからない。けれど二つともとても可愛《かわい》くて、手に取ってみたくなる。その砂糖菓子が、背にした扉の外で、中に入れて欲しいと囁いている気もする。

でも。どうしても手を出せないままでいた。

その時。掃きだし窓のガラスを、誰かが軽く叩《たた》いた。

驚《おどろ》いて目を開くと、窓の向こうに背の高い男がいた。体の脇《わき》から、背に流れる片羽が見えた。妖精《ようせい》だ。その姿を目にして、ブリジットは息を呑《の》んだ。

妖精は、光沢《こうたく》のある白地にビーズやレースを飾った、見栄《みば》えのする上衣《うわぎ》を身につけている。

ふわりとした髪は、ミルクに緑と青の染料《せんりょう》を溶《と》かしたような、不思議でやわらかい色合いをしていた。瞳《ひとみ》も同様に曖昧《あいまい》な色。細い顎《あご》も長い睫《まつげ》も、白い肌《はだ》も、端整《たんせい》としかいえない。

同じ端整さでも、シャルには近寄りがたい鋭さが漂《ただよ》っている。

けれども今窓の向こうにある姿には、やわらかさを感じる。

ブリジットはシャルと出会ったとき、シャルほど美しい生き物はこの世にいないと思った。だけど、それは間違《まちが》いだと知った。シャルと同じように完璧《かんぺき》な、けれどどこかやわらかく優《やさ》しげな空気をまとった美しい妖精が窓の外にいる。

——あなた、誰?

そう訊《き》きたかったが、驚きのあまり声は出なかった。妖精は微笑んでいる。

あとがき

皆様《みなさま》、こんにちは。三川《みかわ》みりです。

『シュガーアップル・フェアリーテイル』の四巻目です。

前回から登場人物がどっと増えたのですが、その中で、キャットが好きと言ってくださる読者様が多くて、嬉《うれ》しいです。キャットとベンジャミンのコンビは、書きやすい。ミスリルの次くらいに書きやすいので、良い人たちです。

そしてキースが好きというかたがちらほら。でもジョナスの悪行のせいか、「こいつもそうに違《ちが》いない！」と、読者様に最後まで、散々疑われたようです（笑）。気の毒に。

この巻ではキャットとキースは出番少なめですが、今後も彼らはアンたちとかかわっていくのじゃないかな、と、ぼんやり思ってます。

そして突然《とつぜん》ですが。お知らせです。

ビーンズ文庫のホームページ内で、シュガーアップルのサイトをオープンして頂きました。作品紹介《しょうかい》の動画みたいなものもあります。なにやら時々企画《きかく》などもあるみたいで、のぞくとお得な情報が発見できることがあるかも。シュガーアップル公式、で検索《けんさく》してみてくださいね。

そしてさらに。なんと。ツイッターも開始されました。

銀砂糖の妖精《ようせい》コルネとドラジェが、いろいろ呟《つぶや》いてくれてます。読者様から頂いた、キャラクターへのラブレターも、紹介されてたり。新刊の情報とか、いちはやく呟いてくれたり。ちなみに妖精たちが紹介してくれたジョナスへのラブレターには、担当様と大爆笑《だいばくしょう》しました。と、いうことで。サイトもツイッターも、お暇《ひま》なときにでものぞいてみてくださいませ。

さて。

毎度毎度ですが、担当様には心から感謝しています。迷走《めいそう》ぎみのわたしの思考が、正しい方向に向かうように、ご苦労されているのが手に取るようにわかり、申し訳ないです。作品を導く灯台として、頼《たよ》りにしています。これからも、よろしくお願いいたします。

いつも丁寧《ていねい》で綺麗《きれい》な挿絵《さしえ》を描《えが》いてくださる、あき様。カバーイラストの下絵を見せて頂いただけで、溜《た》め息《いき》ものでした。いつもいつも、ありがとうございます。

この『シュガーアップル・フェアリーテイル』という本は、三人四脚《よんきゃく》(足の数あってる?)で成り立つのだな〜、と、常に思います。

そしてなによりも、読んでくださる読者のかたがあればこそ存在できる本だと思います。

気に入ってくれるかたがいるのは、大きなよろこびです。

デビューして、ちょうど一年。今もアンやシャルの世界を書いていられるのは、ひとえに皆様のおかげ。ありがとうございます。感謝しつつ。ではでは。また。

三川　みり

「シュガーアップル・フェアリーテイル 銀砂糖師と緑の工房」の感想をお寄せください。
おたよりのあて先
〒102-8078 東京都千代田区富士見2-13-3
角川書店ビーンズ文庫編集部気付
「三川みり」先生・「あき」先生
また、編集部へのご意見ご希望は、同じ住所で「ビーンズ文庫編集部」
までお寄せください。

シュガーアップル・フェアリーテイル 銀砂糖師《ぎんざとうし》と緑《みどり》の工房《こうぼう》

三川《みかわ》みり

角川ビーンズ文庫 BB73-4 16769

平成23年4月1日 初版発行

発行者——井上伸一郎
発行所——株式会社角川書店
東京都千代田区富士見2-13-3
電話/編集(03)3238-8506
〒102-8078
発売元——株式会社角川グループパブリッシング
東京都千代田区富士見2-13-3
電話/営業(03)3238-8521
〒102-8177
http://www.kadokawa.co.jp
印刷所——晩印刷 製本所——BBC
装幀者——micro fish

ISBN978-4-04-455044-8 C0193 定価はカバーに明記してあります。

シュガーアップル・フェアリーテイル
シリーズ
三川みり
イラスト・あき
第五巻
2011年8月1日発売予定!!
大好評既刊
①銀砂糖師と黒の妖精
②銀砂糖師と青の公爵
③銀砂糖師と白の貴公子
④銀砂糖師と緑の工房
角川ビーンズ文庫
※イラストはイメージです。